KB188108

어른 나무

저자

醉於樹人(나무에 취한 사람),

이수호(李水滸)

60년대 충남 서산 출생(生)으로 나무 의사, 산림공학·경영기술
자, Urban Designer, 온실가스 전문가, 소음·진동 전문가, (현)
샤이고수목아카데미 원장으로 무위자연(無爲自然)을 추구하며,
안빈낙도(安貧樂道)의 삶을 실천하는 한사(寒士)로 오늘도 자연
과 마주하는 사람이다.

어른 나무

이수호 수필집

Prolog
(시작 이야기)

　서울 아산병원 동관 암 병동 10층에서는 창밖으로 한강이 보이고, 멀리 올림픽대교가 보인다.

　2019년 5월, 첫 번째 암 수술⋯.

　마취가 풀려 깨어난 몽롱한 상태에서 창을 통해 바라본 서울의 하늘은 눈이 시리도록 푸르렀고 햇살은 부드러웠다.

　창밖으로 멀리서 무심히 흐르는 한강을 바라보며 지나온 삶을 생각해 보니 작은 이득을 얻고자 거짓과 위선을 말하고, 신의를 버리기도 하고, 실체 없는 허상을 좇아 헛되게 시간을 버리기도 했으며, '남의 눈에 어떻게 보일까?' 하고 노심초사(勞心焦思)하는 물욕(物慾)으로 가득 찬 나는 미성숙한 어른이었다.

　항암이 끝나 갈 무렵 인간이 가질 수 있는 모든 욕심은 내려놓아졌고, 단지 바라는 것은 다시 건강해져 원래의 생활로 돌아가고 싶은 맘 하나뿐이었다. 수술 후 몸이 회복되고 항암이 끝난 후 살아서 다시 삶

속으로 돌아간다면 나는 앞으로 무엇을 하며 어떻게 살아갈 것인가? 그동안 가 보지 못한 곳을 구석구석 돌아다니며 맛집 순례도 해 보고 오랫동안 잊으며 살아온 친구들도 만나 보고 싶었다. 남은 삶은 무슨 일을 하며 살아가야 할까? 고민하고 생각한 결과는 의미 있는 일을 하며, 넉넉하지는 않지만 나누는 삶을 살리라 다짐했다. 언제까지일 지는 모르지만 덤으로 얻은 삶이니 마음을 욕심과 집착으로 채우기보다는 가슴 뿌듯한 일을 하며 남은 생을 정리하고 마무리하고 싶어졌다.

수술 후 회복 기간을 보낸 다음 시작된 항암 치료는 회차를 거듭할수록 견딜 수 없을 만큼 몸을 부수고, 살기 위해 시작한 항암 치료는 죽는 것보다도 더 고통스러운 날들의 연속이었다. 그때 유일한 안식처는 아산병원 정문 앞의 중앙공원이었다. 아침 일찍 병원에 도착해서 검사를 받고 담당 교수님과 상담을 한 후 오후에는 항암을 하는데 기다리는 시간이 무료할 때마다 공원에 앉아 아내와 마주 앉아 도시락도 먹고, 차도 마시면서 담소도 나누는 시간이 유일한 삶의 낙(樂)이자 힐링이었다.

아내는 병 치료 기간 동안 늘 밝은 모습을 유지하려 노력했고 항상 내 곁에서 늘 함께하며 따뜻하게 위로해 주고 용기와 희망을 말했다. 세상에 다 나쁜 것은 없다는 생각이 들었다.

아산병원 중앙공원에는 소나무, 메타세쿼이아, 계수나무, 단풍나무 등 목본과 초본식물 그리고 수(水) 공간이 조성되어 있고 나무 밑에는 중간중간 휴식할 수 있는 벤치가 놓여 있다. 공원에 앉아 있으면 마음이 편안해지고 평화로워진다. 푸른 녹음은 그늘을 만들어 주고, 상쾌한 바람이 얼굴을 간지럽혀 주고, 잎들은 바람의 흐름에 따라 소리를 내며 흔들린다. 이 시간만은 암 환자가 아닌 한 인간으로 느껴져 행복해서 살고 싶다는 강한 욕구가 모든 몸을 지배했다.

이때 나는 평소에 관심이 많았던 나무 의사가 되기로 결심했다. 위로를 받은 만큼 나도 무언가를 돌려주고 싶었다. 걷지 못하고 한자리를 지키면서 상처 입은 채 말없이 그 고통을 스스로 이겨 내려는 나무들을 도우며, 그들의 언어를 이해하고 위로하는 두 번째 삶을 살기로 결정했다. 암 투병 중 나무 의사 시험에 합격을 하였고 그때부터는 나와의 약속대로 자연 속으로 들어갔다.

매일 숲길을 걸으며 사계절의 변화와 자연이 주는 경이로움에 감탄했고 새로운 세상을 바라보며 삶의 의미를 다시 찾을 수 있었다. 숲속의 나무들은 나에게 늘 친절하게 대해 줬고 하루 단위로 어떤 때는 계절별로 새로운 모습을 보여 줬다.

그들은 늘 평화롭고 조용하지만 작은 환경 변화에도 빠르게 적응하기 위해 몸을 움직이고, 서로 도움이 되는 정보는 공유하며 살아간다. 하지만 빛과 수분을 얻어 자기를 지킬 때는 어떠한 생물보다도 치열하게 사투를 벌인다. 그러면서도 더불어 사는 미덕을 잊지 않는다. 나무들은 광합성을 통해 제 스스로 에너지를 만들어 삶을 지속하기 위해 자신의 영역을 굳건히 지키지만 남의 것을 다 빼앗거나 독점하지 않는다. 매일 만나는 숲속의 나무들은 자기들만의 기준을 지키며 변화에 불평하지 않으며 모든 나무와 어울려 더불어 숲을 이루며 함께 살아감을 깨달았다.

　이제는 생물적으로 나이가 많다고 혹은 세상에 좀 더 오래 존재했다고 모두를 어른이라 칭하거나 존경하지 않는다.

　더 이상 나이만이 어른의 절대적 기준은 아니며, 점점 진정한 어른들을 만나고 희망을 얻기 힘든 세상을 우리는 살아가고 있다. 어른은 강요하거나 함부로 빼앗지 않고, 차별하거나 무시하지 않으며 공정하다. 지금 우리가 발 딛고 사는 이 시대는 진정한 어른들의 넓은 지혜와 배려 그리고 역할이 절실히 필요하다. 세대와 성별, 지역을 통합하고, 하루에도 수없이 발생하는 갈등(葛藤)을 조정해 주면서 미래에 대한 비전(Vision)과 희망을 보여 주며, 따뜻한 위로로 상처받은 이들의 맘을 어루만지고 공감해 주는 진실한 가슴과 넓은 그늘을 가진 키가 큰 나무들이 그립다.

　오늘도 '어른 나무'가 너무나 간절하게 기다려진다….

목차

1부

어른 나무 소리 들으려면

01. 오마주(*Hommage*)

어른 나무 소리 들으려면

세월을 머금은 키 큰 나무도

어른 나무 소리 들으려면

긴 세월 썩고 문드러진

줄기 구멍도 감싸안고

바람에 찢긴 가지 밑으로 빛도 내려 주고

상처 난 가지 위로 새잎도 내며

비바람에 흔들리며 외롭게 서 있어도

쉴 수 있는 넓은 그늘을

내어 줄 수 있어야….

† 궁리 소나무

일몰의 시간
수많은 인고(忍苦)의 세월을 보낸 후
자기를 깊게 성찰하는 한 나무가 서 있다.

굵은 줄기와 거친 나뭇결
비바람에도 눈을 감지 않고 하늘을 바라보던
늙은 나무가 서 있다.

서 있는 자리에서
하늘을 향해 마지막으로 달려가는
한 나무가 서 있다.

면천읍성 천년 은행나무

인생의 가장 큰 영광은 결코 넘어지지 않는 데 있는 것이 아니라 넘어질 때마다 일어서는 데 있다.

"누구도 피부색, 배경 또는 종교 때문에 다른 사람을 미워하도록 태어나지 않는다. 미워하게끔 배운다. 미워하는 것을 배울 수 있다면 사랑하는 것도 가르칠 수 있지 않은가.

사랑은 미움보다 더 자연스레 사람 가슴에 다가온다."

- '넬슨 만델라'

넬슨 만델라는 남아프리카공화국의 극심한 인종 차별 정책인 '아파르트헤이트(Apartheid)'에 맞서 싸우기 위해 무장 투쟁 중 1962년 8월 5일 반역 혐의로 체포되어 로벤섬에서 18년간, 그리고 교도관의 집에서 9년간, 총 27년 동안 투옥되었습니다.

그는 로벤섬에서 외적으로나 육체적으로 견디기 어려울 만큼 고통스러웠지만, 내적으로는 굳건한 의지와 인내심을 기르는 시간을 만들었고 감옥 안에서는 동료 수감자들의 정신적 지주로 희망과 용기를 주었습니다.

그는 감옥 밖에서도 많은 지지자의 사랑과 신뢰를 받았으며, 그의 석방을 요구하는 국민들의 목소리와 세계인들의 요구는 점점 커져 갔고, 마침내 1990년 2월에 만델라는 석방되었습니다. 그의 석방은 남아프리카공화국의 '아파르트헤이트' 종식의 서막을 알리는 사건이 되었습니다. 만델라는 석방 후에도 인종 간의 화합과 평화로운 세상을 위해 헌신했으며, 1993년에 노벨 평화상을 수상하였고, 1994년에는 ANC(아프리카민족회의) 후보로 출마하여 전폭적인 지지를 얻으며 남아프리카공화국 최초의 흑인 대통령으로 선출되었습니다. 대통령 임기 동안 용서와 화해의 정신을 바탕으로 국가를 통합하고, 지속 가능한 평화를 구축하였습니다. 그의 용서에는 진정한 용기가 스며 있습니다.

나무는 매일 수많은 도전과 상처를 받으며 성장합니다.

고통과 상처를 견디기도 하고, 타감물질을 이용해 타감작용(他感作用, Allelopathy)으로 방어를 하기도 합니다. 소나무는 갈로탄닌(Gallotannin)을 분비하고, 검은 호두나무는 주글론(Juglone)을 분비하여 자기방어를 시작합니다.

때로는 병원균이 침투하면 이층(離層, 떨켜)을 형성하거나 전충체(塡充體, Tylose)를 이용하여 자기를 방어하며 스스로 생존하지만 비생물적 환경에 힘없이 무너지고 가장 무서운 적인 사람들에 의해 심한 상처를 입고 쓰러져 나갑니다.

마음속 깊은 곳에 상처를 준 상대방을 용서하기는 쉽지 않습니다. 그 복수심으로 오히려 회복하기 어려운 내상(內傷)을 입기도 합니다. 깊은 상처를 준 상대방이 공생(共生) 관계였다면 더더욱 용서하기가 어렵고 견디기도 벅찹니다.

남을 용서하기도 어렵지만 자기애가 강하거나 자기 합리화에 능숙한 경우에는 자기 자신을 용서한다는 것은 오랜 시간이 걸리거나 끝까지 용서를 하지 못한 채 세상을 떠나 한 줌의 유기물로 돌아갑니다. 상처를 준 상대방을 용서하는 일, 실패하고 실수한 자기 자신을 용서하고 과거의 시간을 온전히 품어 주고 놓아주는 일은 참으로 고통스럽고 용기가 필요한 일입니다. 그래서 큰 나무(大木)가 될 수는 있지만 인간적으로 성숙한 '어른 나무'가 되기는 참 힘든 일입니다.

요즘 세상은 흑백논리와 이분법적 사고가 가장 큰 가치인 듯 자신들의 사상만을 강요하고 주입하려 합니다.

상처를 감싸고 안아 줘야 할 인간들이 오히려 더 큰 상처를 주고, 통합과 공감을 이끌어 줄 것을 믿고 기대했던 이들은 오히려 더 분열을 조장해 상처만 존재하는 세상으로 물들이고 있습니다. 이런 일들이 반복되니 우리 모두는 아노미(Anomie) 상태에 빠져 슬프고 힘들게 하루하루를 견뎌 냅니다.

이런 세상에서 용서와 화해 그리고 통합과 공감이라는 명제를 해결해 줄 마디바(MADIBA, 존경하는 어른)가 나타나기를 나는 오늘도 간절히 소망합니다.

인빅터스(Invictus), '굴복하지 않는'....

"세상이 지옥처럼 캄캄하게
나를 뒤덮은 밤의 어둠 속에서
어떤 신이든 내게 불굴의 영혼을
주셨음에 감사한다.

옥죄어 오는 어떤 잔인한 상황에서도
나는 머뭇거리거나 울지 않았노라.
운명의 몽둥이에 두들겨 맞아
내 머리는 피 흘리지만 굴하지 않았노라.
분노와 눈물로 범벅이 된 이곳 너머로
유령의 공포만이 어렴풋이 모습을 드러낸다.

그러나 세월의 위협은 지금도 앞으로도

내 두려워하는 모습을 보지 못하리라

상관치 않으리라, 저 문 아무리 좁고

운명의 두루마리에 어떤 형벌이 적혔다 해도

나는 내 운명의 주인이며

내 영혼의 선장이다."

- 윌리엄 어니스트 헨리

04. 낙엽귀근(落葉歸根)

낙엽귀근(落葉歸根).

"나뭇잎은 떨어지면 뿌리로 돌아가고 돌아올 때는 아무 말이 없다."

나무는 봄에 잎을 필 때 미리 떨어질 수 있도록 떨켜(離層)를 만들어 놓고 가을이 깊어질 때, 바람이 지나가면 나무들은 서서히 잎을 떨굽니다. 여름내 무성했던 잎사귀들은 기온이 내려가면 엽록소가 파괴되면서 보조색소(안토시아닌, 카로티노이드 등)들이 나타나 붉은색, 노란색으로 물들고, 바람에 이리저리 몸을 흔들다가 결국에는 땅으로 떨어지는 모습을 보고 있으면 우리 인생처럼 쓸쓸하고 허전해집니다.

떨어진 낙엽은 단순하게 생명이 사라지는 끝만을 상징하는 것은 아니며, 오히려 시간을 지나 하나의 유기체가 무기물로 재탄생되는 새로운 세계의 시작을 예고합니다.

낙엽은 땅에 떨어져 썩어 가면서 세균이나 곰팡이에 의해 무기물로 분해된 후 재탄생하며 토양에 새로운 영양분을 공급하고, 그 영양분은 다음 해에 새로운 싹을 틔우는 원천이 되어 자기에게 주어진 역할을 다시 시작합니다.

자연은 끊임없이 순환하며, 모든 것은 다시 그 근원으로 돌아가는 것이 자연의 이치이므로 슬퍼하거나 서러워하지 않아도 됩니다.

우리 삶도 자연의 순환과 별반 다르지 않습니다. 태어나서 성장하고, 세상 속에서 다양한 경험을 쌓으며, 늙어 가고 지난 세월을 후회하고 원망하지만 언젠가는 본래의 자리로 돌아갑니다. 이 과정에서 우리는 많은 것을 배우고, 성장하며, 자신만의 흔적을 남깁니다. 이상하게도 나이가 들수록 유년 시절의 기억은 점점 더 뚜렷해지고, 그 기억들은 시간이 흘러도 우리 마음속 깊은 곳에 자리를 차지하게 됩니다.

마치 나뭇잎이 뿌리로 돌아가듯, 우리도 언젠가는 자신이 시작한 곳으로 돌아가고자 하는 본능을 느끼게 됩니다.

우리는 누구나 정해진 시간을 살고, 결국에는 자연으로 돌아가는 것이 자연의 순리이며, 이것은 우리가 자연의 일부라는 것을 증명해 줍니다. 당대의 권력자도 세계 경제를 뒤흔든 대기업가도 학문으로 최고의 명예를 얻은 석학도 언젠가는 모두 다 한 줌의 흙이 되어 자연으로 돌아갑니다.

오늘 하루도 더 가지지 못해, 더 많은 명예를 얻기 위해 안달하면서 사는 것이 헛되고도 허망합니다. 우리는 한정된 시간만을 소유할 수 있고 그 시간이 지나면 모든 것과 이별할 순간을 맞이합니다. 욕심은 끝이 없어 그 깊이를 모르니 채울 방법이 없으며, 만족할 수도 없습니다.

살아 있는 지금 이 순간 가진 것만으로도 충분합니다.

수구초심(*首丘初心*).
"여우가 죽을 때에 머리를 자기가 살던 굴 쪽으로 둔다."

우리는 때로는 돌아가지 못하는 어린 시절과 지금은 멀어진 고향을 그립니다. 앞만 보고 달려서 마음이 고되고 현실에 지쳐 있다면 한번쯤은 어릴 적 자라던 곳으로 발걸음을 재촉해도 좋습니다. 그렇게 넓고 크게 보이던 초등학교 운동장은 아주 작게 보이고 학교 앞 문방구는 사라지고 없겠지만 기억 속에서는 영화의 한 장면처럼 생생하게 그 시절로 돌아갈 수 있습니다. 어릴 적 내 모습과 옹기종기 모여 떠들며 웃고 있는 친구들을 만나면 맘이 한결 가벼워지고 즐거우면 그만입니다. 유년 시절의 추억은 상상만으로도 늘 행복해집니다.

모든 것을 다 가지려 너무 애쓰고 바둥거리지 마라.
우리도 언젠가는 낙엽이 되어 뿌리로 돌아가리니….

"歸根曰靜, 靜曰復命(뿌리로 돌아감을 고요함이라 하고, 고요함을 일컬어 본성으로 돌아감이라 한다)."
- '노자(*老子*)'의 『도덕경』 16편 「귀근(*歸根*)」

05. 수작후인정(遂爲後人程)

"穿雪野中去(천설야중거) 눈 밟고 들판 가운데 걸을 때

不須胡亂行(불수호란행) 함부로 발걸음을 어지러이 걷지 마라.

今朝我行跡(금일아적행) 오늘 아침 내가 걸어간 발자취들이

遂爲後人程(수작후인정) 마침내 뒷사람의 길이 되리니."

　　　　　- 산운(山雲) 이양연(1771~1856)의 「야설(野雪, 들판의 눈)」

"눈 덮인 고요한 들판은 인생을 그리는 하얀 화선지(畫宣紙)와 같으며
내가 내딛는 발자국 하나하나는 그 백지 위에 새겨지는 나의 역사이다."

　우리는 모두 눈 덮인 들판을 홀로 걷는 여행자입니다.

　눈 덮인 들판에 어떠한 발걸음을 남겼는지 되돌아보면 후회(後悔)와
회한(悔恨)으로 가득 차 있고 되돌아갈 수 없는 시간은 아쉽고 무심합

니다. 남은 시간을 허투루 써 버리기에는 시간이 너무 빠르게 흘러갑니다.

세상 그 누구도 완벽한 사람은 될 수도 없고 존재할 수도 없습니다. 누구나 실수를 할 수 있고, 잘못된 선택을 할 수 있고 때로는 길을 잃기도 하고, 넘어지기도 하겠지만, 중요한 것은 그러한 실수를 통해 배우고 성장하며, 더 나은 미래를 만들어 가는 것입니다. 오늘 내딛는 발걸음은 미래의 우리를 만들어 간다는 사실을 잊지 않고, 더 나은 세상을 만들기 위해 하루하루 최선을 다해 살아가야 합니다.

눈 덮인 들판에 그 누구는 큰 흔적을 남기고 어떤 이는 작은 발자국 크기만의 흔적을 남깁니다.

우리는 새겨진 흔적의 크기만으로 한 사람이 걸어온 삶에 대해 평가하려 하지만 흔적의 크기보다는 어느 방향을 향해 걸었는지, 어떤 모양으로 걸었는지가 더 중요합니다.

모든 사람이 큰 발자국을 남기며 눈길을 걸을 수는 없습니다.

내가 사는 시대만의 이익과 자신을 추종하는 집단만의 이익을 최고의 가치라고 말하는 위선적인 모습과 이기적 사고는 지나온 길, 그리고 앞으로 나아가는 길이 불편하고 추합니다.

어른 소리를 들으려면 미래의 변화에 대해 우선순위를 정하고, 정교하게 큰 그림을 구상하며 무엇부터 적용 가능한지를 고민하고 행동해야 하며, 이익의 축이 한쪽으로 기울어지거나 불공정한 기준은 철저히 배제해야 합니다.

그래야 많은 사람이 흰 눈이 쌓인 들판에서 헤매거나 방향을 잃지 않습니다.

눈 덮인 들판에서 내딛는 발걸음은 뒤따르는 사람들을 위해 길을
안내하듯이 방향은 옳아야 하고 선명해야 합니다.

「시네마 천국」, 스크린 너머로 피어난 아름다운 추억….

영화 「시네마 천국(Cinema Paradiso)」은 이탈리아의 어느 작은 마을을 배경으로 펼쳐지는 감동적인 이야기로 '주세페 토르나토레' 감독이 연출한 이 영화는 어린 소년 토토와 그가 사랑하는 영화, 그리고 그의 삶에 큰 영향을 미친 영화관 '시네마 천국'을 중심으로 전개됩니다.

어린 토토는 마을의 작은 영화관인 시네마 천국에서 대부분의 시간을 보냅니다. 영화관의 영사 기사 알프레도와의 우정은 토토의 인생에 큰 영향을 미쳤습니다. 알프레도는 토토에게 영화의 매력과 인생의 지혜를 가르쳐 주고, 그를 격려해 주었으며 토토는 꿈을 키워 나갔습니다. 토토와 알프레도의 우정은 단순한 사제 간의 관계를 넘어, 서로에게 큰 영감을 주고받는 특별한 관계로 발전합니다.

영화는 주인공인 토토가 성장하며 겪는 인생의 여러 굴곡을 함께 보여 줍니다. 그는 영화에 대한 열정을 잃지 않고, 결국 로마로 떠나 영화감독이 됩니다. 그러나 시간이 지나면서 고향과 시네마 천국에 대한 그리움은 그의 마음속에 깊이 자리 잡게 됩니다. 마침내, 알프레도의 죽음 소식을 듣고 고향으로 돌아온 토토는 폐허가 된 시네마 천국을 바라보며 어린 시절을 회상하고 추억을 되새깁니다. 「시네마 천국」은 영화에 대한 사랑과 열정을 통해 사람들의 삶을 변화시키는 힘을 보여 줍니다. 영화에는 인생의 과정에서 누구나 경험하게 되는 첫사랑의 설렘, 친구와의 우정, 그리고 가족의 따뜻함이 담겨 있습니다.

나이를 초월한 토토와 알프레도의 우정과 이야기를 통해 우리는 예술이 지닌 강력한 힘과 그것이 우리 삶에 미치는 영향을 다시 한번 생각하게 됩니다.

또한, 「시네마 천국」은 시간이 지나도 변치 않는 가치와 인간관계의 중요성을 일깨워 줍니다. 영화관이라는 작은 공간에서 펼쳐지는 사람들의 이야기 속에서 우리는 인생의 소중한 순간들을 발견하게 됩니다.

토토가 영화 속에서 찾은 꿈과 열정은 결국 그의 인생을 이끄는 원동력이 되었고, 알프레도와의 우정은 그의 삶에 영원한 흔적을 남겼습니다. 영화의 마지막 장면에서 토토는 알프레도가 남긴 영화 필름을 보며, 그의 어린 시절을 떠올립니다. 그 필름에는 키스 신들이 모여 있었고, 이는 알프레도가 토토를 위해 준비한 소중한 선물이었습니다. 그 순간 토토는 영화와 함께한 자신의 삶을 돌아보며, 그 모든 순간이 얼마나 소중했는지를 깨닫게 됩니다.

알프레도는 우리의 시선으로 보면 사회적으로 대단히 성공한 사람은 아닙니다. 그저 시골의 평범한 영사 기사일 뿐입니다. 하지만 한 사람의 인생에 큰 영향을 준 멘토(Mentor)입니다.

우리는 '멘토' 하면 사회적으로 부(富)를 거머쥐거나 명성을 얻은 분들이거나 학식이 풍부하신 분들이라고 생각하지만 사실 멘토는 우리 주변에서도 얼마든지 찾을 수 있습니다.

아니 이미 내 옆에서 그 역할을 조용히 하고 계실 수도 있습니다.

우리의 일상을 지켜 주는 평범한 분들 중 삶의 지혜를 나눠 주실 분들이 참 많습니다.

퇴직해서 제2의 인생을 시작하시는 동네 입구 편의점 사장님, 40년 동안 메뉴 하나로 동네를 평정하신 식당 사장님, 늘 친절하게 반겨 주시는 이모님 같은 카페 사장님 등 인생의 다양한 경험으로 다져진 '알프레도' 같은 분들이 가까운 주변 곳곳에서 고민 많은 나를 기다리고 계실지도 모릅니다. 오늘도 편안하게 만날 수 있는 모든 주변 분에게 항상 친절하고 따뜻하게 대하다 보면 '멘토'는 어느새 내 곁에 와 있습니다. 그러니 '멘토'를 너무 먼 곳에서 억지로 찾아다닐 필요가 없습니다. 소박하고 다정한 모습으로 지금 바로 이 순간 당신의 바로 옆에 서 계실 수도 있습니다.

그리고 당신을 가장 잘 이해하고 도움을 주는 세상에서 좋은 멘토는 늘 같은 공간에 머무는 내 가족일 수도 있습니다.

영화도 내용도 감동적이지만 마지막 장면에 흘러나오는 거장 엔니오 모리코네(Ennio Morricone)의 OST 「Love Theme」는 긴 여운과 더불어 순수했던 시절로 우리를 인도합니다.

늘대는 2~8마리가 한 무리를 지어 생활한다.

그중 우두머리가 '알파 늑대'이며, 알파 늑대는 늑대 무리의 가장 중요한 존재로, 무리의 생존과 번영을 책임진다.

늑대들이 초식동물을 사냥할 때 '알파 늑대'의 명령 아래 어리거나 경험이 부족한 늑대들은 몰이에 나서고 우두머리 늑대는 사냥감을 몰아오는 길목에서 기다리다가 먹잇감을 제압하여 사냥한다.

'알파 늑대'는 무리에서 가장 위험한 일을 감당한다.

'알파 늑대'의 삶은 힘과 지혜, 그리고 강한 유대감을 바탕으로 존재하며, 리더십은 단순히 힘의 우위를 의미하는 것이 아니라, 무리 전체를 보호하고 이끌어 가는 책임감을 바탕으로 시작된다. 알파 늑대는 무리 내에서 중요한 결정들을 내리며. 사냥에서 가장 용맹하게 사냥을 하며, 사냥터를 선택하고, 먹이를 분배하며, 새끼들을 보호하는 일에 이르기까지 모든 결정을 한다. 이러한 책임은 무거울 수 있지만, 지혜와 경험으로 무리를 이끌며 때로는 냉정하게, 때로는 따뜻하게 무리를 돌본다. '알파 늑대'의 리더십은 갈등을 조정하는 능력도 탁월하다.

무리 내에서 갈등이 발생했을 때, '알파 늑대'는 공정하게 중재하고, 모든 늑대가 다시 화합할 수 있도록 무리를 이끈다. 이러한 역할은 무리의 결속력을 강화시키고, 집단의 안정성을 유지하는 데 기본이 된다.

늑대 무리에서 '알파 늑대'는 다른 늑대들로부터 깊은 존경을 받으며, 존경심을 바탕으로 무리의 생존을 위해 앞장서서 싸우고, 언제나 무리의 이익을 우선한다.

'알파 늑대'는 그들의 힘과 용기로 무리의 안전을 지키며, 무리의 모든 구성원이 그들의 지도력을 신뢰한다.

'알파 늑대'의 리더십은 우리에게 진정한 리더십의 본질에 대해 말해 준다. 강력한 리더는 단순히 권력을 휘두르는 것이 아니라, 구성원들의 신뢰와 존경을 바탕으로 모두를 이끌고, 각자의 역할을 최대한 발휘할 수 있도록 돕는 존재여야 하며 무리의 정의로운 상식을 파악하고 이해하여야 한다.

리더가 항상 올바른 결정과 판단을 할 수는 없다.

그래서 리더에게 가장 필요한 덕목 중 하나는 잘못을 인정하고 진심으로 사과할 수 있는 용기이다.

자신을 내놓을 용기가 없어 잘못된 결정을 감추거나 숨기기 위해 거짓으로 무리를 속이거나 시간을 벌면서 무리가 잊기를 바란다면 존경과 권위는 사라진다.

리더는 자기 자신보다 무리를 먼저 생각해야 하며 무리에게 유리하도록 우선순위를 결정해야 한다.

자신에게만 유리한 이득을 추구하는 행동과 결정은 무리에게 빠르게 퍼져 나간다.

유혹이라는 욕망을 억누르고 매일 새롭게 자신을 깎고 가다듬으며 무리를 이끌어 나가야 한다.

그래서 리더는 늘 고독하고 외롭다.

깊은 밤, 시베리아 들판에서 한 마리의 울부짖는 늑대 소리가 숲 전체에 메아리로 울려 퍼진다.

늑대 무리의 리더, 알파 늑대의 외로운 울음이다.

강인하고 용맹한 모습 뒤에 감춰진 외로움을 견디기 힘들지만, 알파 늑대는 늘 무리의 생존과 영속(永續)을 위해 고독을 감수해야 한다. 무거운 책임감과 고독은 알파 늑대만이 짊어져야 할 운명이자 숙명이다.

하지만 결코 좌절하지 않는다. 힘든 순간에도 무리를 위해 앞장서고, 더 나은 미래를 위해 끊임없이 노력한다.

리더는 알파 늑대가 되어야 한다.

진정한 자기 자신보다는 항상 무리를 위한 결정을 해야 하며 리더는 자신이 내린 결정과 그 결과에 대해 무한한 책임을 지며, 조직이나 무리의 성공과 실패 모두를 수용해야 한다.

오늘도 살아가야 하는 한 무리의 늑대들은 진정한 알파 늑대가 나타나 무리를 이끌어 주기를 기다리며 희망의 끈을 놓지 않고 살아간다.

08. "힘내. 가을이다. 사랑해."

한원주 선생님은 젊은 시절 남편과 미국에서 내과 전문의를 공부하신 뒤 귀국해 개업의로 성공적으로 병원을 운영했으나 약 40년 전 남편의 죽음을 계기로 병원을 정리하고 의료선교의원을 운영하며 수십 년간 무료 진료 봉사 활동을 펼쳤고 이후 80대 중반의 나이에 '매그너스 요양병원'의 의사로 일하기 시작하셨습니다. 94세의 고령에도 불구하고 마지막까지 봉사하는 삶을 사셨던 한원주 선생님의 영혼을 달래 주는 마지막 말씀은 간단하지만 삶의 방향을 깊게 생각하게 합니다.

격려와 따뜻한 위로가 담긴 한 문장.
"힘내. 가을이다. 사랑해."
선생님의 이 간결한 문장은 마치 따뜻한 차 한 잔처럼 마음을 순간

포근하게 감싸 주며 우리에게 큰 위로와 격려, 그리고 사랑을 전해 줍니다.

"힘내."라는 말은 우리가 다시 힘을 내어 앞으로 나아갈 수 있도록 도와줍니다.

가을의 서늘한 바람 속에서도 우리는 따뜻한 희망을 찾을 수 있습니다. 나무들이 잎을 떨어뜨리며 새로운 시작을 준비하듯이, 우리도 다시 시작할 수 있습니다.

한원주 선생님의 "힘내."라는 말은 우리의 마음속에 희망의 불씨를 심어 줍니다. 말은 지친 마음에 힘을 북돋아 주는 따스한 응원입니다. 누구에게나 힘든 순간은 찾아오기 마련입니다.

그럴 때 이 말은 마치 어둠 속에서 작은 불씨를 밝혀 주는 듯, 용기를 내어 앞으로 나아갈 수 있도록 격려해 줍니다.

"가을이다."

이 말은 힘든 시간을 보내고 있는 사람에게 곧 좋은 날이 올 것이라는 희망을 전해 주며 계절의 변화를 알려 주는 동시에 새로운 시작을 의미하기도 합니다.

잎이 떨어지고 찬 바람이 불어오는 가을은 쓸쓸함을 느끼게 하지만, 동시에 풍요로운 수확의 계절이기도 합니다.

마치 인생의 굴곡과 같이 가을은 쓸쓸함과 아름다움이 공존하는 계절입니다. 또한 이 말은 우리에게 가을의 아름다움과 풍요로움을 상기시켜 줍니다. 가을의 풍경 속에서 우리는 자연의 경이로움을 느끼며, 그 속에서 새로운 에너지를 얻을 수 있습니다.

우리에게 가을은 새로운 시작을 위한 준비의 시간입니다. 나무들이 잎을 떨구고, 뿌리 깊숙이 영양분을 저장하듯이, 우리도 이 시기에 자신을 돌아보고 새로운 도전을 준비할 수 있습니다. 한원주 선생님의 "가을이다."라는 말은 우리가 그동안의 노력과 성취를 돌아보며, 앞으로의 길을 준비할 수 있도록 도와줍니다.

마지막으로 "사랑해."라는 말은 한원주 선생님의 따뜻한 마음이 느껴집니다. 모든 것을 용서하고 포용하는 가장 따뜻한 말입니다. 이 세상에 단 하나뿐인 소중한 존재에게 건네는 사랑의 표현이자 스스로에게 건네는 자애로운 위로이기도 합니다. "사랑해."라는 한 단어는 가을의 서늘한 날씨 속에서도 우리를 안고 위로하며 용기와 큰 힘이 되어 어려운 순간에도 포기하지 않게 합니다.

그동안 살면서 날 찾아온 이의 손을 잡고 따뜻한 말 한번 제대로 건네 본 적 없는 미성숙한 사람으로 살아온 것 같아 선생님의 말씀은 더욱더 가슴 깊은 곳에 스며듭니다.

늦었지만 이제부터라도 가슴 따뜻한 위로를 전하고 공감하는 어른이 되어 보고자 합니다.

한원주 선생님의 마지막 말씀인 "힘내. 가을이다. 사랑해."는 남아 있는 우리에게 전하는 가슴 따뜻하고 아름다운 응원의 말씀입니다.

이 말을 되뇔수록 마을 입구에 지켜 서서 넓은 그늘로 쉼터를 만들어 주고 사람들을 걱정하며 위로해 주던 오래된 '느티나무'가 떠오릅니다.

'춘재(春材)'는 봄에서 여름에 이르러 나이테가 성장한 부분으로 시기적으로 가을, 겨울에 비해 햇빛이 많고 습도가 높기 때문에 성장이 빠르게 이루어지기에 추재에 비해 면적이 넓고, 색이 연하고, 강도가 무른 편이다.

'추재(秋材)'는 가을에서 겨울에 이르러 나이테가 성장한 부분이다. 봄, 여름에 비해 햇빛이 적고 습도가 낮기 때문에 성장이 더디게 이루어지며 춘재에 비해 면적이 좁고, 색이 진하고, 단단한 편이다.

나이테는 춘재(春材)와 추재(秋材) 한 쌍이 만들어 내는 진솔한 나무의 산 역사입니다.

말이 없는 나무는 나이테를 통해 자신이 품은 수많은 이야기를 속삭이며 자신이 살아온 세월을 증명하고자 합니다. 동심원(同心圓)을 그리며 켜켜이 쌓인 나이테는 단순히 자신이 살아온 시간만을 말하는 것이 아니라 나무가 살아온 환경의 변화, 기후의 흔적, 그리고 자연의 섭리를 고스란히 담고 있습니다.

나이테는 자신의 역사와 더불어 다양한 정보를 제공합니다. 넓고 촘촘한 나이테는 그해 맑은 날이 많아 광합성이 활발했음을 증명하고 충분한 강수량으로 나무가 왕성하게 성장했음을 의미합니다. 반대로 좁고 성긴 나이테는 가뭄이나 저온의 날씨 등으로 성장이 부진했음을 보여 줍니다.

이처럼 나이테는 과거의 기후와 환경의 변화를 알려 주는 중요한 단서가 되기도 합니다.

사람들은 나이테를 분석하여 과거 기후를 추정하고, 미래 기후 변화를 예측하는 데 활용하고 있습니다.

나이테는 인간의 지나온 역사, 환경 변화와 깊은 연관성이 있습니다. 오래전 대규모 화산 폭발이나 산불이 발생했던 시기에 형성된 나이테는 특이한 형태 변화가 나타나기도 합니다. 이러한 기록을 통해 과거 역사를 재구성하고, 자연재해와 인간 활동이 환경에 미친 영향을 파악할 수 있습니다. 나무는 움직이지 못하는 정적인 생명체이지만, 환경 변화에는 민감하게 반응합니다. 나이테는 나무가 겪은 모든 경험을 몸에 새겨 기억하고 있습니다. 우리는 나이테를 통해 과거를 배우고 미래를 예측하며, 더 나아가 자연의 위대함과 공존하는 지혜를 얻을 수 있습니다.

나무의 나이테와 우리의 얼굴은 서로 닮아 있습니다.

세월과 함께한 우리의 얼굴 또한 우리가 살아온 시간과 경험을 그대로 담아내는 작은 캔버스(Canvas)와 같습니다.

어린 나무의 나이테는 얇고 섬세합니다.

처음에는 작은 고리들로 시작하여, 시간이 지남에 따라 점점 더 많은 고리가 쌓입니다. 우리의 얼굴도 마찬가지입니다. 어린 시절의 얼굴은 순수하고 깨끗하며, 시간이 흐르면서 더 많은 주름과 표정선이 새겨집니다.

이 주름들은 우리가 살아온 시간 속에서 겪은 기쁨과 슬픔, 실패와 성취 그리고 사랑과 이별의 흔적들입니다.

우리의 얼굴 역시 우리의 인생 경험에 따라 변화합니다.

행복한 순간은 미소와 주름으로 남고, 힘든 순간은 깊은 표정선과 눈물 자국으로 새겨집니다. 우리의 얼굴은 우리 삶을 기록한 일기장과 같습니다.

또한, 나무의 나이테는 시간의 흐름 속에서 나무가 어떻게 성장했는지를 보여 주듯이 우리의 얼굴도 마찬가지입니다. 우리의 얼굴은 타인과 자신에게 지나온 삶의 이야기를 진솔하게 들려줍니다. 얼굴에 새겨진 주름과 표정은 우리가 어떤 사람인지, 어떤 경험을 통해 성장했는지를 말해 주며 모든 시간의 흔적을 새겨 넣습니다. 또한 스스로 자신의 얼굴을 보며 지나온 삶을 되돌아보고, 그 속에 새겨진 가치와 지혜 그리고 깨달음을 얻습니다.

나무의 겹겹이 쌓인 고리 속엔 세월의 흔적, 그 속에 담긴 삶의 이야기, 고요한 시간의 숨결이 흐릅니다.

우리의 얼굴에도 세월의 흐름, 그 속에 담긴 삶의 흔적, 주름과 미소, 눈가의 자국, 그 모두가 우리가 살아온 시간을 말해 줍니다. 어린 시절의 풋풋함, 첫사랑의 설렘, 이별의 아픔과 눈물, 성공과 좌절로 층층이 쌓인 우리의 모습 속엔 강인함이 있습니다. 나이테처럼, 우리 얼굴도 각각의 선들이 모여 인생의 그림을 완성해 갑니다.

얼굴의 주름은 단순한 노화의 표식이 아닙니다. 살아온 흔적이자 마음의 표시입니다. 어른이 된다는 것은 자기 자신의 얼굴에 책임을 다하는 것입니다.

척박한 땅에 자리 잡고 혹독한 비바람을 견디면서도 사철 푸르름을 자랑하는 소나무는 '지속적인 생명력과 강인함' 그리고 '굳센 의지'를 상징합니다.

묵(墨, 먹)은 자기 몸을 갈아 서(書)와 화(畵)의 재료가 되는 희생적 삶을 살기에 문방사우(文房四友) 중 '서가의 으뜸'입니다. 그중에서도 단연 최고인 송연묵(松煙墨)은 소나무가 인고의 세월을 견딘 후 다시 새로운 삶을 시작하면서 만들어집니다.

송연묵은 탄생은 1년 이상의 복잡하고도 정교한 과정을 거칩니다. 관솔이 붙어 있는 30년 이상 된 고사한 소나무 1t 정도를 불로 태워 약 10㎏ 정도의 그을음을 얻은 후 가마에 생긴 그을음을 정성스럽게 하나하나 긁어모아 아교와 혼합해 반죽을 만듭니다. 장인은 이 반죽을 혼(魂)을 담은 손으로 3만 번 이상 쉼 없이 치댄 후, 찰흙처럼 굳은 송연을 먹 틀에 넣어 경화(硬化)시킨 후 먹을 분리해 건조시킵니다.

건조가 끝난 먹만을 분리한 후 다시 재와 종이로 감싸 습기를 제거한 후 끈에 매달아 외부에서 자연 바람에 1~6개월간 건조한 후 먹에 새겨진 문양에 장인이 채색을 하면 비로소 송연묵으로 다시 태어납니다.

송연묵은 장인의 혼(魂)과 자연의 힘이 어우러져 만들어 낸 작품입니다. 세월의 흐름 속에서 나무껍질이 벗겨지고, 나무의 속살이 드러나며, 점차 목탄으로 변해 가는 과정을 통해 생성된 것이 바로 송연묵입니다.

송연묵은 긴 시간의 이야기를 담고 있으며 나무의 생명력이 담긴 그 송연묵은 단순한 목탄 이상의 의미를 지니고 있었습니다. 자연의 힘과 시간의 흐름, 생명의 순환 그리고 인내의 시간, 장인의 혼(魂)이 모두 그 속에 담겨 있습니다. 오랜 시간 숲을 지키며 제 역할을 다한 소나무는 또다시 긴 인고의 세월을 견뎌 내고 송연묵으로 모습을 바꾼 채 다시 태어납니다.

삶은 하나의 긴 여정이며, 누구나 원하든 원하지 않든 시간이 흐르면 인생의 후반기에 도착합니다.

인생 2막이 시작되는 시간입니다.

젊은 시절 목표를 향해 달리고, 가족을 이루고, 사회적 역할을 다하느라 바쁘지만, 이제는 한 걸음 물러서서 자신의 삶을 돌아보고, 소중한 사람들과 더 많은 시간을 보낼 수 있습니다. 그리고 그동안 마음속으로만 담아 놓았던 새로운 목표와 꿈을 찾아 도전할 수도 있습니다.

인생 2막에 새로운 목표와 꿈에 도전한다는 것은 결코 쉬운 일은 아닙니다. 어색한 환경과 용어를 만나야 하고 빠르게 익숙해지지 않음을 버텨 내야 합니다. 그러나 우리에겐 젊은 시절 실패한 경험과 목적을 이루기 위한 여정을 잘 이해하고 활용할 줄 아는 여유와 경험을 가지고 있습니다.

그저 그런 흙도 다져지고, 장인의 손길을 거쳐 불의 온도를 견뎌 내면 곡선이 아름다운 도자기로 다시 태어나고 숲을 지키던 소나무도 견디고 견뎌 송연묵으로 다시 태어나 다시 다른 사람들을 위해 소중히 사용됩니다.

　　다시 소중한 사람으로 태어나기 위해서는 서두르지 말고 오늘도 꾸준하게 조금씩 앞으로 나아감이 필요합니다.

11. 구둣방 김(金) 씨

시장 입구의 작고 오래된 골목 안에 조그만 구둣방이 자리 잡고 있다. 주인의 성이 김씨인 것만 알 뿐 이름과 나이, 고향을 아는 사람은 없었다. 김 씨 이마에 인생의 훈장 같은 굵은 주름이 있는 것을 보아 아마도 나보다 네댓 살 위라고 어림잡아 짐작할 정도이다. 투박하고 거친 손을 가졌지만 솜씨는 섬세하고 정성스럽다. 그에게는 늘 따뜻하고 진한 인간의 냄새가 난다. 특이한 것은 김 씨의 상의에는 1년 내내 붉은색 '사랑의 열매'가 달려 있다.

김 씨는 정성스럽게 손으로 구두를 수선하고, 새로운 생명을 불어넣는 일을 하지만 늘 손님들의 말을 들어 주고 가끔 걱정거리를 말하면 다 잘될 거라고 웃으면서 답해 준다. 구두를 수선하러 가기도 하지만 상처받은 맘으로 찾아가면 그 맘까지도 수선해 주는 신비한 재주를 가지고 있는 진정한 장인이다. 아마도 오랜 경험으로 구두만 보아도 그 사람이 살아온 시간 그리고 현재 삶을 볼 수 있는 능력이 생긴 모양이다. 그의 결제 방식은 늘 후불이다. 혹시 손해 본 적은 없냐고 물으면 손사래를 치며 그런 적은 단 한 번도 없었다지만 이 말만큼은 믿음이 가질 않는다.

구둣방 문을 열고 들어서면, 오래된 가죽 냄새가 코끝을 자극한다. 김 씨는 언제나 환한 미소로 손님을 맞이하며, 그들의 구두에 담긴 이야기를 들어 준다. 그의 손은 시간이 만들어 낸 주름으로 가득하지만, 그 속에는 수많은 구두와의 이야기가 담겨 있다. 그는 손끝의 감각만으로도 구두의 상태를 정확히 파악하고, 빠르게 필요한 조치를 취한다.

김 씨는 구두 한 켤레를 손에 들고, 정성스럽게 손질을 시작한다. 닳고 해어진 부분을 꼼꼼히 다듬고, 새 가죽을 덧대어 준다. 그의 손 끝에서 구두는 마치 새 생명을 얻은 듯, 다시금 빛을 발한다. 구두를 고치는 동안 김 씨의 표정은 진지하면서도 따뜻하다. 그는 단순히 구두를 고치는 것이 아니라, 그 속에 담긴 추억과 이야기를 함께 고치는 것이다.

김 씨의 구둣방에는 다양한 사람들이 찾아온다. 바깥양반의 구두를 고치러 온 동네 아주머니, 자기 신발을 고치러 온 알뜰한 새댁, 그리고 그저 김 씨와 대화를 즐기러 온 나 같은 사람들, 그곳은 단순한 구둣방이 아니라 사람들이 모여 소통하고 이야기를 나누는 공간이다. 김 씨는 손님들과의 대화를 통해 그들의 이야기를 듣고, 그들의 삶을 이해한다.

김 씨의 구둣방은 변하지 않은 채로 언제나 그 자리를 지키고 있고, 구둣방 안은 언제나 훈훈하고 따뜻한 정이 흐르는 동네 사랑방이다. 김 씨는 구두를 고치는 일에 자부심을 느끼며, 손님들에게 최상의 서비스를 제공하기 위해 최선을 다한다. 그에게 구두는 단순한 물건이 아니라, 사람들의 내면과 연결을 위한 고리이자 마음을 이어 주는 매개물이다.

김 씨는 매일 아침 일찍 일어나 구둣방을 열고, 늦은 밤까지 구두를 손질한다. 그의 하루는 구두와의 대화로 가득 차 있다. 그는 구두를 통해 사람들과 소통하고, 그들의 삶에 작은 행복을 더해 준다. 김 씨의 구둣방은 그리 크지 않지만, 그 속에서 나누는 이야기와 정성은 그 무엇보다 크고 깊다.

구둣방 김 씨는 나에게 더불어 사는 방법과 인간미의 가치를 다시금 일깨워 준다. 그의 정성 어린 손길 속에서 우리는 작은 것의 소중함을 느끼게 된다. 김 씨의 구둣방은 단순히 구두를 고치는 곳이 아니라, 사람들의 마음도 고쳐 주는 따뜻하고 정감 가는 공간이다. 최근 두어 달간 구둣방의 문이 닫혀 있다. 소문으로는 몸이 아파 병원에 있다고도 하고, 구둣방을 접고 도시의 큰딸네로 갔다는 소문도 있지만 김 씨가 구둣방을 닫아 놓은 이유에 대해 정확하게 아는 사람은 없다.

아, 그의 전화번호라도 받아 놓을걸….

후회했지만 나는 그동안 받는 것을 당연히 여기는 얼마나 이기적이고 무심한 사람이었던가?

오늘 같이 찬 바람이 불고 눈이 흩날리는 날이면 사람 좋은 웃음으로 반겨 주던 김 씨와 따뜻한 어묵과 데워진 정종 한잔하며 사람 냄새 나는 대화를 밤새워서 나누고 싶다.

지금 지난날을 돌이켜 생각해 보면 구둣방 김 씨는 커다란 나무 같은 사람이었다….

12. 급시우(及時雨)
그리고 어른 나무

'급시우(及時雨)'는 가뭄에 때맞추어 내리는 비를 말합니다.

건조한 가뭄이 지속되면 우리는 비를 기다리며 간절한 마음으로 하늘을 바라보며 원망합니다. 대지는 건조를 견디지 못한 채 갈라지고, 숲속의 나무들은 목마름을 참지 못해 생기를 잃고, 녹색 잎들은 타들어 가 시들은 채로 고개를 숙이고 갈색으로 변해 갑니다. 이 시기가 되면 우리는 자연의 순환과 무기력한 인간의 한계를 절실히 느끼게 되고 기다림은 우리를 인내(忍耐)하게 만듭니다.

마침내 건조하고 가뭄으로 지친 숲속에 기적처럼 비가 내리기 시작하면 떨어지는 물방울 하나하나에 큰 의미를 부여합니다.

수분 부족으로 시들어 가던 식물들은 물을 흡수하며 다시 녹색으로 물들어 제 색으로 몸단장을 한 채 미소를 띠고 촉촉해진 대지에는 새로운 생명의 기운이 넘쳐 납니다.

때를 맞춰 내리는 급시우(及時雨)는 그 자체로 회복의 가능성과 기쁨 그리고 희망을 안겨 줍니다.

비 내리는 숲속을 걷다 보면 자연이 연주하는 경쾌한 음악 소리가 울려 퍼집니다. 잎이 넓은 신갈나무와 떡갈나무에 떨어지는 빗소리에서는 중저음 목관악기 바순(Bassoon) 소리가 들리고, 잎이 좁은 이대와 조릿

대에 떨어지는 빗소리에서는 고음 금관악기인 트럼펫(Trumpet) 소리가 들리고, 땅에 떨어지는 빗소리는 마음의 어지러움을 잠재우도록 진중하고 부드러운 비올론첼로(Violoncello) 소리를 들려줍니다.

숲속에 때맞추어 내리는 비는 마치 자연이 연주하는 아름다운 심포니(Symphony)와 같습니다.

빗방울이 나뭇잎을 스치는 소리는 그 자체로도 경쾌한 음악이 되며, 숲속의 다양한 소리가 어우러져 특별한 하모니를 만들어 하늘이 보내 준 희망의 메시지에 감사를 전합니다.

우리는 인생에서 홀로 최선을 다하고 노력해도 극복하기 불가능한 목이 타는 고통의 시련을 맞이하는 순간이 있습니다. 이 늪 속은 우리를 무력하게 만들고, 때로는 절망에 빠지게 합니다. 누구는 스스로 슬기롭게 극복해 나아가지만 어떤 이는 체념하고 늪 속에서 벗어날 힘을 잃습니다. 젊은 시절에는 세상에 대한 경험 부족과 미래에 대한 불확실성으로 인해 절망의 무게가 더욱 크게 느껴질 수 있습니다. 이러한 순간에 어른들의 위로와 공감 그리고 농익은 경험은 절망한 젊은이들에게 큰 위로와 희망이 될 수 있습니다.

어른들은 인생에서 많은 경험을 쌓아 왔고, 그 속에서 절망을 극복하고 새롭게 시작할 수 있는 지혜를 가지고 있습니다.

절망한 젊은이들에게 어른들은 경험을 통해 어려움을 극복하는 과정과 방법을 들려주며 위로와 큰 용기 그리고 희망의 메시지를 전달할 수 있습니다. 그래서 그들이 다시 일어설 수 있는 힘을 불어넣고, 잠재력을 깨워 절망을 딛고 다시 목표를 향해 나아가도록 도울 수 있습니다.

숲속을 거닐다 보면, 자기 상처를 유합조직(癒合組織)으로 덮은 거대한 '어른 나무'를 마주하게 됩니다.

이 나무들은 수백 년, 심지어 수천 년을 살아오며 경험한 그들만의 진한 이야기를 온전히 간직하고 있습니다.

어른 나무는 기나긴 세월의 흐름을 고스란히 담고 있습니다. 그들은 오랜 세월 동안 다양한 계절을 겪으며, 비바람과 태풍, 눈(雪)과 한발(旱魃, 가뭄)을 견뎌 냈습니다.

굵은 나이테는 그들이 살아온 세월의 흔적을 보여 주며, 부적합한 환경을 이겨 낸 생명의 강인함을 보여 줍니다.

'어른 나무'는 숲속 생태계의 중심입니다.

그들은 수많은 동식물에게 서식지를 제공하며, 숲속의 생명을 지탱하는 중요한 역할을 합니다. 새들은 '어른 나무'의 너른 가지에 둥지를 틀고, 작은 동물들은 그들의 뿌리 사이로 안식처를 만들고 쉬어 갑니다. '어른 나무'는 그들 주위에 다양한 생명체가 모여들게 하며, 숲속의 생태계를 유지하고 보호하는 중요한 역할을 합니다. 이들은 단순한 나무 그 이상의 존재로, 생명의 중심에 서 있습니다.

'어른 나무'는 굵고 힘찬 줄기와 넓게 퍼진 가지, 그리고 짙은 녹색의 잎사귀들은 자연의 아름다움을 고스란히 담고 있습니다. 곡선이 주는 경이로운 모양과 구조는 마치 조각가의 고뇌로 완성한 하나의 예술 작품처럼 우리에게 깊은 울림과 감동을 줍니다. 어른 나무는 오랜 세월 동안 다양한 어려움을 겪으며 숲을 지켜 왔고, 늘 그 자리에서 변함없이 숲을 지켜 나갈 것입니다. 우리는 '어른 나무'의 깊은 울림을 듣고 그 줄기에 기대어 다시 한번 희망이 가득 담긴 새로운 싹을 틔우고 싶습니다.

'어른 나무'는 단순히 거대한 나무가 아니라 이해심을 바탕으로 공감(共感)하며, 희망과 용기를 전해 주는 깊은 울림이 있는 나무로 모든 이가 긴 가뭄으로 고통받을 때 내리는 '급시우(及時雨)' 같은 존재입니다.

해미 동암리 소나무

"비는 하늘이 땅에 사는 생명에게 보내 주는 선물입니다.
그러나 인간들이 오만해지는 순간 하늘은 비를 거두거나 산성비를 내려 오만방자한 인간에게 경고합니다."

낮에 숲속을 거닐다 보면 햇살이 닿지 않을 것 같은 깊은 숲속에서도 빛은 항상 존재합니다.

숲속의 빛은 시간의 흐름에 따라 제 모습을 달리하는 마법을 부립니다. 아침 햇살이 나뭇잎 사이로 비칠 때, 숲은 황금빛으로 물들고, 오후에는 서서히 색조를 바꾸며 부드럽고 따뜻한 빛으로 가득 찹니다.

해 질 녘에는 모든 것이 주홍빛과 붉은색으로 물들어 또 다른 세계를 창조합니다.

숲속의 어떠한 큰 나무도 저 혼자서 빛을 온전히 다 가지지 않습니다. 숲속의 가장 큰 나무도 팔을 벌려 그 사이로 빛의 조각들을 아래로 내려 자기들만의 세상을 이루며 살아가고 있는 작은 나무와 잡초들 그리고 낙엽을 분해하는 곰팡이와 세균에게 빛을 골고루 나누며 더불어 살아갑니다.

숲속의 제아무리 큰 나무도 스스로 낙엽을 분해하여 양분을 만들어 내지 못하며 자기 뿌리만으로는 숲속의 땅을 다 움켜잡지 못합니다. 비가 오면 흙이 씻겨 나가 뿌리가 땅 밖으로 노출되어서 양분을 충분히 흡수(吸收)하지 못하고, 사람들의 발에 밟히고 짓눌립니다. 큰 나무 아래의 작은 나무와 잡초들은 작은 손으로 곳곳의 흙을 부여잡고 큰 나무의 뿌리 흙을 붙잡아 줍니다. 이 모습을 보던 숲속의 작은 새들은 맑은 소리로 응원합니다. 숲속에서 그들은 이렇게 더불어 살아갑니다.

14. 변재(邊材)와 심재(心材)

봄이 되면 형성층(形成層)은 시원세포를 분화시켜 내부로는 목부(木部)를 외부로는 사부(篩部)를 만들어 냅니다.

나무의 주요 부분인 목부는 시간의 변화에 따라 역할을 변화하는 '변재'와 '심재'로 다시 분류됩니다.

'변재(邊材)'는 형성층이 최근에 생산한 목부 조직으로 뿌리로부터 수분을 위쪽으로 이동시키는 역할과 동시에 탄수화물을 저장하는 비교적 옅은 색을 가진 부분입니다.

'심재(心材)'는 형성층이 오래전에 생산한 목부 조직으로 시간이 지나 '변재'가 제 역할을 다한 후 죽어 단단해진 세포로 고무, 송진, 타닌, 페놀 등의 물질로 제 몸을 가득 채워 짙은 색으로 변한 부분입니다. 새로 만들어진 '변재'도 언제가 시간이 지나면 '심재'로 그 역할을 바꿉니다.

목부 깊은 곳의 '심재'는 나무의 중심부에 위치해 물리적으로 단단하고 치밀한 부분으로, 나무의 가장 중요한 기능을 담당하며 그 생명력을 지탱하는 핵심적인 역할을 합니다.

'심재'는 외부의 충격과 해충의 공격에도 견딜 수 있는 강한 내구성을 가지고 있습니다. 오랜 세월을 머금은 거대한 나무 그 중심부에는 모든 것을 던지고 오로지 제 역할만을 하는 강한 '심재'가 자리 잡고 있습니다. 나무의 생명력을 유지하는 핵심적인 부분으로, 겉으로 보이는 고고함과 웅장함은 보이지 않는 곳에서 묵묵히 제 역할을 하는 '심재' 덕분에 가능한 것입니다.

'심재'는 나무의 중심이며 가장 깊은 본질을 상징합니다.

나무가 자라는 동안 겪는 수많은 도전과 역경 속에서도 그 생명력을 유지하며 강하게 자라날 수 있었던 이유는 바로 내면에 '심재'가 존재하기 때문입니다.

오랜 시간 동안 자연의 도전에도 견딜 수 있는 큰 나무가 되기 위해 '심재'는 '변재'로서 제 역할을 다한 후 조용히 스스로 제자리를 내어 주고 제 몸을 단단한 이물질로 채운 채 연륜과 지혜를 담고 모진 비바람에 견딜 수 있도록 자기에게 주어진 역할에 최선을 다합니다. 화려하지 않은 역할을 세상 사람들은 모르고 알려 하지 않을지도 모릅니다.

큰 나무를 완성하기 위해 '심재'는 말이 없습니다.

자기 역할에만 충실할 뿐….

'심재'는 때를 맞춰 자기 자리를 비워 주는 미덕을 실천하며 '변재'
로 남기 위해 흐려진 판단력으로 끝까지 집착하거나 추하게 노욕(老
慾)을 부리지 않습니다.

동백나무는 추운 겨울철에도 두꺼운 녹색 잎을 유지하는 소교목(小喬木)으로 잎은 윤기 나는 단단한 타원형이고, 꽃은 곤충이 없는 겨울이 깊어 갈 때 화려한 붉은 꽃을 피워, 흰 눈 속에서도 그 존재감을 드러냅니다.

동박새는 작고 귀여운 외모와 밝고 경쾌한 소리를 내며 남부 지방에 서식하는 텃새로 머리와 윗면은 연두색을 띠고, 눈 주위에는 흰색의 원형 테두리가 그려져 있고 부리는 흑갈색으로 끝이 뾰족합니다.

동백나무는 그 화려한 꽃과 함께 동박새에게 중요한 먹이와 서식처를 제공하며, 동박새는 그 보답으로 동백나무의 꽃가루를 몸에 묻힌 채 몸을 움직여 동백나무의 수분(受粉, 꽃가루받이)을 도와주며, 대자연 속의 진정한 친구로 공생(共生) 관계를 형성하며 살아갑니다.
대부분의 나무는 바람에 의해 수분(受粉)이 되는 풍매화(風媒花), 곤충에 의해 수분이 되는 충매화(蟲媒花)입니다. 새가 나무를 수분해 주는 조매화(鳥媒花)는 국내에서는 동백나무가 유일합니다.

추운 겨울에도 동박새는 동백나무의 꽃을 찾아 날아다니며, 그 속에서 달콤한 꿀을 맛봅니다. 그 모습은 마치 멋진 음식을 준비한 후 친구를 초대해 만찬을 벌이는 모습을 연상시킵니다. 외로운 동백나무는 찾아온 동박새를 보며 외로움을 잊고 추운 겨울 속에서도 아름다운 꽃을 피우고, 새로운 봄을 기다리며 그 속에서 즐거움을 찾습니다.

이 두 생명의 공생 관계를 찬찬히 바라보면 복잡한 자연계에서 서로를 의지하며 살아가는 공존의 필요성과 상호 협력, 나눔과 헌신의 중요성을 깨닫게 됩니다.

자연 속에서 공생(共生)은 생명체들이 서로에게 의존하며 살아가는 방식입니다. 이러한 공생(共生) 관계는 번식에 도움을 주고 생물 다양성을 풍부하게 유지하고 생태계의 균형을 지키면서 각 생명체가 자신의 역할을 다하며 함께 번영할 수 있도록 하는 상호작용입니다.

사회생활을 하는 우리는 각자의 방식으로 서로에게 도움을 주고받으며 함께 성장하고 번영할 수 있습니다.

서로에게 의지하며, 나눔과 헌신을 통해 더 나은 삶을 만들기 위해 노력하는 시간을 서로 공유합니다. 이러한 조화로운 공생(共生)은 우리의 삶을 더욱 풍요롭고 의미 있게 만들어 줍니다.

추운 겨울, 온 대지에 하얀 눈이 쌓이고 차가운 바람이 불어옵니다.

혼자서 겨울을 맞이하면 쓸쓸함은 더해집니다.

인간의 공생(共生)은 단지 함께 사는 것이 아니라, 서로를 이해하고 돕고자 하는 배려의 마음에서 시작됩니다.

이 겨울, 동백나무와 동행하는 삶을 사는 동박새를 보며 나는 그 누구에게 작은 도움이 될 수 있는 존재인지 생각하게 됩니다.

폐렴에 걸린 주인공 존시는 병이 깊어졌습니다. 그녀는 기운을 잃고 마지막 잎새가 떨어질 때 자신의 생명이 끝날 것이라고 믿고 있습니다. 이웃 화가인 베어먼은 그녀의 고통을 보고 마음이 아파 그녀에게 삶의 희망을 주기로 결심합니다. 베어먼은 폭풍우 속에서 밤을 새워 마지막 잎새를 벽에 그려 둡니다. 존시는 그 잎새를 보고 희망과 힘을 얻고, 결국 병을 이겨 내게 됩니다. 하지만 베어먼은 그 과정에서 병에 걸려 세상을 떠나게 됩니다.

오 헨리(O. Henry)의 단편 소설 『마지막 잎새』의 주요 내용으로 이 짧은 소설은 희망과 희생, 그리고 예술의 힘에 대한 이야기입니다. 존시의 절망 속에서 베어먼의 작은 행동은 큰 변화를 가져왔습니다. 베어먼은 자신을 희생하면서도 존시에게 새로운 생명을 선물하였습니다.

겨울의 끝자락, 1월의 어느 날, 겨울 한복판에 집 앞에 홀로 서 있는 목련의 '마지막 잎새'가 겨울바람에 맞서 겨우 붙어 있습니다.
나무는 곁에 머물던 모든 잎을 다 떠나보낸 후 새봄을 맞이하려 숨을 죽이고 기다립니다. 이 시기에 앙상한 가지 사이에 홀로 남아 매섭게 불어오는 겨울바람에 힘없이 퍼덕이는 잎새가 애처롭고 애틋합니다.

다 말라비틀어져 제 색도 다 잃은 저 잎은 무슨 말 못 할 깊은 사연이 있어서 나무 곁을 떠나지 못하고 있는지 궁금합니다.
그동안의 추억과 기억 속에서 헤어 나오지 못하고 미련이 남아 떠나야 하는 순간이 잊고 그 감정이 사라지기를 기다릴 수도 있고, 진한 녹색 잎으로 나무의 깊은 사랑을 한 몸에 받던 행복했던 여름날을 잊지 못하고 정을 떼어 내지 못해 아직도 머무를 수도 있고, 외롭게 남아 있는 가지에 대한 동정심과 의리 때문에 차마 잎을 떨구지 못하고 같은 시간을 마지막까지 보내기 위해 희생하고 있을 수도 있고, 돌아온다는 약속을 믿고 오래전 떠나간 그 누군가와의 약속을 지키기 위해 떠나지 못하고 있을 수도 있습니다.

무슨 말 못 할 깊은 사연인지는 정확히 알 수 없지만 떠날 때를 놓친 것만은 확실해 보입니다.

아마도 마지막 잎새는 이제 곧 떨어질지도 모릅니다. 끝까지 버틴다고 해도 두어 달 지나면 떠날 수 없어 마지막 힘을 다해 버티던 저 '마지막 잎새'도 새롭게 돋아나는 새잎들에게 자리를 내어 주고 저 자리에 없을 것입니다.

이제 나무도 슬픔을 뒤로한 채 잎새를 떠나보내고 그 사실을 받아들여야 합니다. 만약, 받아들이지 않는다면 자연의 순리를 어긴 죄로 나무와 잎새 둘 모두 힘든 시간과 아픔을 간직한 채 강제로 질긴 인연의 끈을 끊어야 합니다.

그래야만 나무는 새롭게 찾아오는 잎들에게 자리를 내줘 다시 푸르름을 되찾을 수 있습니다. 우리는 마음속에 남아 있는 모든 미련을 버리고 떠날 때를 잘 알고 있습니다.

자연은 언제나 일정한 흐름과 질서를 가지고 있으며, 모든 만물은 자연의 순리 앞에 한없이 작은 존재로 그 순리를 역행하거나 외면할 수 없습니다. 우리도 새로운 만남이 있으면 헤어짐이 기다리고 있고, 헤어진 후에는 다시 새로운 만남이 우리를 기다립니다. 미련으로 헤어질 때를 놓치고 끝까지 붙잡고 있는다 해도 영원할 수는 없습니다.

오 헨리(O. Henry)는 소설 『마지막 잎새』에서 희망, 희생 그리고 예술의 소중함을 말했습니다.

1월 겨울 한복판에 집 앞에 홀로 서 있는 목련의 '마지막 잎새'는 모든 미련을 버리고 슬픔을 간직한 채 떠나야 할 때와 자연의 순리를 말해 줍니다.

1월은 한 해를 시작하는 시간입니다.

새로운 백지 위에 새 글을 쓰기 위해 내 마음속의 부질없는 미련과 이별하며 큰 기대 없는 새로운 가능성을 꿈꾸며 새롭게 다가오는 날들을 시작합니다.

한 해의 시작을 알리는 1월이 엊그제 같은데 벌써 2월이 눈앞으로 다가옵니다. 세월은 참 무심하고도 빠릅니다.

또 이렇게 새해 1월은 나를 붙잡아 주지 않고 빠르게 그리고 무심히 흘러갑니다.

17. 르코르뷔지에(*Le Corbusier*)의 창조물,
유니테 다비타시옹(*Unité d'Habitation*)

유니테 다비타시옹(Unité d'Habitation)

"집은 살기 위한 기계다."

– 르코르뷔지에(Le Corbusier)

세계적으로 유명한 건축가는 많습니다. 모더니즘의 아버지로 불리며 맨해튼의 시그램빌딩을 설계한 '미스 반 데어 로에',

강남 교보빌딩을 설계한 '마리오 보타',

낙수장을 통해 유기적 건축을 완성한 '프랑크 로이드 라이트',

호주 시드니의 대표 건축물인 오페라하우스를 설계한 로컬리즘의 '요른 웃존',

빛과 콘크리트의 거장, 일본의 건축가 '안도 다다오',

스페인 바르셀로나의 성당 '사그라다 파밀리아'를 설계한 '안토니오 가우디' 등 자기만의 철학으로 건축물을 예술적으로 창조한 건축가들은 많습니다.

건축가들을 서열화하여 줄을 세울 수는 없지만, 현재 우리 삶에 가장 큰 영향을 준 도시계획가&건축가 '르코르뷔지에(Le Corbusier)'는 단연 으뜸입니다.

그는 철근콘크리트 기둥인 필로티, 모듈러 시스템(Modular System), 자유로운 입면과 열린 평면, 옥상정원을 이용해 현대건축을 새롭게 창조하고 해석하였습니다. 수많은 그의 걸작 중 현재 우리 삶에 가장 영향을 준 대표적인 작품은 프랑스 마르세유(Marseille)에 위치한 세계 최초의 주상복합아파트이자 현대 아파트의 원형인 '유니테 다비타시옹(Unité d'Habitation)'입니다.

'유니테 다비타시옹'은 도시의 인구 증가에 따른 혼잡함을 줄이고, 쾌적한 생활 환경을 조성하면서도 효율적이고 기능적인 주거 공간이 필요해짐에 따라 바다에 떠 있는 대형 유람선을 모티브(Motive)로 설계되었습니다.

'유니테 다비타시옹'은 2차 세계대전 후, 도시 복구와 마르세유(Marseille) 지역의 주거난 해결을 위한 주택 공급을 목적으로 계획되었으며, 17층 높이로 약 1,600명의 주민이 동시에 거주할 수 있는 공동주택으로 1인용부터 8인의 대가족용까지 무려 23개 평면 타입을 가진 337세대로 구성되었고, 모든 가구가 복층형으로 한 가구가 2개 층을 사용하도록 설계되었습니다. 1층은 6m 높이의 34개 필로티가 떠받치고 있어 공공(公公)을 위해 개방한 혁신적인 구조와 디자인으로 그 이전에는 찾아볼 수 없는 혁신적인 창조물입니다.

인장력을 담당하는 철근과 압축력을 담당하는 콘크리트 기둥, 그리고 모듈러 시스템(Modular System)을 이용한 거실과 주방의 열린 공간, 거실 앞의 넓은 창문, 현대적 욕실, 부르주아(Bourgeois)들의 전유물인 발코니를 설계에 그대로 반영하여 현재 우리가 거주하고 생활하는 현대 아파트의 효시가 되었습니다. 이 건축물이 더욱더 혁신적인 것은 7층과 8층을 24개 객실의 호텔, 사우나, 임대 상가 등 상업 시설들로 구성하여 생활의 편리함을 더했고, 옥상에 입주민을 위한 커뮤니티 공간으로 유치원, 공연장, 수영장과 조깅 트랙 그리고 오픈 스페이스(Open Space)를 설치하여 입주민 간의 공공성을 강조하였다는 점입니다. '유니테 다비타시옹'은 설계 기간 2년을 포함하여 1947년 착공부터 완공되기까지 약 7년이 걸려 1952년에 완성되었습니다.

완성된 후 이 혁명적인 건축물은 주변의 비평과 비아냥에 시달렸습니다. 사람들은 자기가 경험하지 못한 것에 대해 수용하지 못하고 무시하며 시기하고 비평하는 것은 70년 전이나 지금이나 별반 크게 변하지 않은 듯합니다.

이후 '르코르뷔지에'는 당시 인도의 총리였던 자와할랄 네루 (Jawaharlal Nehru)의 요청으로 인도의 '찬디가르(Chandigarh)'에서 프랑스 파리에서 실패한 '빛나는 도시 프로젝트' 통해 새로운 신도시를 계획하였습니다.

르코르뷔지에는 "기능이 미를 만든다."라는 철학을 바탕으로 도시는 여러 구역으로 나뉘어 있으며, 각 구역은 주거, 상업, 공공시설 등 특정 기능을 수행하도록 계획했습니다. 이러한 구역 분할은 도시의 효율성을 극대화하며, 주민들에게 편리한 생활 환경을 제공하고 인간 중심의 디자인을 통해, 도시의 각 요소가 사람들의 생활에 실질적인 도움이 되도록 설계되었습니다.

'찬디가르'는 자연과 조화를 이루는 도시로 완성되었습니다.

'르코르뷔지에'는 자연 요소를 도시계획과 통합시켜, 주민들이 자연과 함께 생활할 수 있는 공간을 조성하였습니다. 이는 단순히 도시의 경관을 아름답게 만들 뿐만 아니라, 주민들의 건강과 삶의 질을 향상시키는 데 중요한 역할을 했으며 현대 신도시의 모태가 되었습니다.

인공 호수인 수크나 호수(Sukhna Lake)와 높은 녹지 비율로 정원 도시를 완성하였고 도보 기준의 생활권과 모든 교육기관을 밀집시켰습니다. '찬디가르'는 '르코르뷔지에'의 혁신적인 설계와 철학을 담아낸

도시로, 학세권과 숲세권의 두 요소가 조화를 이루는 곳입니다.

이 도시는 지식과 배움, 그리고 자연과의 조화를 통해, 주민들에게 풍요롭고 건강한 삶을 제공합니다.

'찬디가르'는 단순한 도시가 아닌, 인간의 삶을 향상시키는 도구로서의 가치를 지니고 있습니다.

지금은 누구나 알고 있는 '숲세권'과 '학세권'의 개념이 이 도시계획에서 완성되어 현대 신도시의 모티브가 되었고 세계의 수많은 도시계획가에게 영감을 주고 있습니다.

이 도시계획에서 가장 중요한 것은 현대적인 디자인과 인도의 전통을 조화롭게 융합해 재탄생시켰다는 점입니다.

'르코르뷔지에'는 인도의 문화와 전통을 존중하며, 이를 현대적 설계에 반영하였습니다. 이는 찬디가르를 더욱 특별하고 독창적인 도시로 만든 가장 중요한 요소 중 하나입니다.

노후에 접어든 르코르뷔지에는 자연과의 교감을 중요하게 여겼습니다. 그는 프랑스 남부의 작은 마을 카프 마르탱(Cap Martin)에서 많은 시간을 보냈습니다. 그곳에서 그는 4평의 오두막을 짓고, 자연 속에서 휴식을 취하며 창작의 영감을 얻었습니다. 이 오두막은 '카브농(Cabanon)'이라 불리며, 간결하고 기능적인 디자인으로 그의 철학을 잘 반영하고 있습니다.

'르코르뷔지에'는 20세기 현대건축의 선구자로, 자연과의 조화를 중시하여 주민들이 자연과 함께 생활할 수 있는 공간을 제공하였고,

혁신적인 디자인과 철학은 건축계를 넘어 전 세계에 영향을 미쳤습니다. 그의 정신은 단순한 건축 설계를 넘어, 인간의 삶과 사회를 개선하고자 하는 열망을 담고 있습니다.

새로운 것에 대한 도전과 비판을 두려워하지 않은 한 사람의 열정과 도전, 인간에 대한 사랑과 철학, 실험과 혁신 그리고 인류애는 공간의 개념을 바꾸었고 일부 특권층의 전유물이었던 공간을 모든 이가 공유하며 누릴 수 있도록 삶의 공간으로 새롭게 창조해 냈습니다.

2016년 유럽, 인도 등 7개국에 남긴 그의 17개의 건축물은 '세계문화유산'에 등록되었습니다.

모든 인간의 마지막 집은 공평하게도 1평(3.3㎡) 정도입니다.
그러니 나이를 먹을수록 공간의 크기에 너무 집착하지 않아도 됩니다.

"건축이란 빛 속에서 보이는 Mass의 교묘하고 올바르고 장엄한 조각이다. 우리의 눈은 빛 속에서 형태를 볼 수 있게 만들어졌다. 그래서 입방체, 원, 구, 원기둥, 또는 사면체 등은 빛에 의해서 이익을 얻을 수 있는 가장 중요한 것들이다. 즉, 그것들은 단순히 아름다운 형태일 뿐만 아니라 가장 아름다운 형태이다."

- 르코르뷔지에(Le Corbusier)

18. 예인(藝人),
소나무를 노래하다

오랫동안 짝사랑하던 사람이 병마에 시달리다 세상을 등진 채 머나먼 곳으로 소풍을 떠났습니다.

저는 그를 잘 알지만 가슴 아프게도 그는 저를 전혀 알지 못합니다.

제가 그분을 처음 만나 짝사랑을 시작하게 된 것은 아마 이십 세가 되던 해 아르바이트를 하던 곳으로 기억됩니다.

그곳은 무명 가수들이 통기타로 노래를 부르던 넓은 카페였습니다. 금요일 7시에 노래를 부르던 무명 가수는 긴 머리에 두꺼운 뿔테 안경을 쓰고 주로 올드 팝(Old Pop)을 불렀는데 목소리가 부드러워 꽤 인기가 있었습니다.

별다른 것 없던 평범한 금요일에 무대에 오른 그 가수가 무슨 사연이 있었는지 그날따라 첫 곡으로 가요를 불렀습니다. 조용하게 통기타를 연주하며 시작된 노래는 "검푸른 바닷가에 비가 내리면 어디가 하늘이고 어디가 물이요."로 시작되는 노래였습니다.

처음 들은 이 노래의 가사와 멜로디에서 깊은 슬픔이 느껴졌고 음악도 시가 될 수 있음을 처음 알았습니다.

이 노래의 제목은 「친구」입니다.

지금도 이 노래가 어디에선가 들리면 그날, 그곳, 그 사람들이 떠오릅니다.

제가 짝사랑한 사람은 노래를 만들고 부르는 가수이며, 극작가, 뮤지컬 기획자였던 예인(藝人) '김민기'입니다.

그는 폭발적인 성량이나 가창력 그리고 강렬한 창법으로 음악을 말하거나 들려주지는 않습니다.

그저 중저음의 목소리로 읊조리듯 그리고 물이 흐르듯 음악을 전해 줍니다.

그러나 그의 음악에는 가슴을 적시는 깊은 울림이 있습니다.

노래의 가사는 인생과 자연에 대한 깊은 성찰을 담고 있는 한 편의 시를 담고 있고, 멜로디는 강렬하지 않지만 깊은 사색에 빠져들게 만듭니다.

'김민기', 그의 이름만으로도 저의 마음은 진한 울림으로 가득 찹니다. 저에게 '김민기'란 존재는 가수 이상의 존재입니다. 그는 음악으로 대화하는 철학자입니다.

한 예인(藝人)은 늘 푸른 상록수인 소나무를 시적인 가사로 표현했고 많은 사람이 그 가사를 통해 삶을 위로받았고 용기와 새로운 희망을 얻었습니다.

저 역시 그런 사람 중 한 명입니다.

이제 그는 더 이상 우리 곁에 같이 서 있을 수 없지만 자연을 예찬하고 사람을 사랑한 그의 철학은 영원하리라 믿습니다.

누구나 살다 보면 본인의 의지이든, 운명 같은 일이든 반드시 가야만 하는 고통스러운 길들이 있습니다.

그 예상하지 못한 일들이 자기 인생의 여정을 완전히 바꾸어도 멈추지 못하는 그런 일이 있습니다.

이 역할을 변함없이 그리고 멈추지 않고 행하기에는 참 많은 용기와 자기만의 철학이 필요합니다.

"저 들의 푸르른 솔잎을 보라. 돌보는 사람도 하나 없는데 비바람 맞고 눈보라 쳐도 온 누리 끝까지 맘껏 푸르다."

2부

나무에 취하다, '醉於樹'

술을 마시고 적당히 취(醉)하면 신경전달물질인 '도파민'이 뇌의 쾌락 중추인 중변연계에서 분비되어 기분이 좋아지고 흥도 오르며 약간은 충동적이고, 자신감은 상승하며, 감정 표현도 솔직해지는데 특히, 분위기 좋은 곳에서 좋은 사람들과 즐거운 시간을 공유하면서 마시면 좋아진 기분은 더욱더 상승하게 됩니다.

자기가 원하는 즐거움을 느낄 때 분비되는 신경전달물질인 '도파민(Dopamin)'은 성취감과 보상감, 쾌락의 감정을 느끼게 하고 뇌를 흥분시키고 각성시켜 살아갈 의욕과 흥미를 느끼게 하고 두뇌 활동을 증가시킵니다. 분비량은 20세 전후에 최대가 되고 세월이 흐를수록 줄어들며, 노년이 되면 최대 50%까지 감소하기도 합니다. 그래서 젊은이들은 항상 밝고 생기가 넘치지만 나이가 들어 감에 따라 삶에 대한 즐거움을 잘 느끼지 못하고 강한 자극에도 무덤덤하고 흥미를 잃고 무기력해집니다.

개인마다 취(醉)함을 즐기는 방식은 다양합니다.

조용한 아침에 창문을 통해 부서지는 햇빛을 느끼며 그윽한 향으로 가득 찬 커피 한 잔과 음악으로 기분이 좋아지기도 하고, 감당하기 어려운 무게의 바벨과 덤벨을 들어 올리며 땀을 흘리거나 자기의 한계를 극복하고 넘어서기 위한 달리기로도 희열을 느끼며, 목표를 설정하고 그 목표를 이루는 순간을 만끽할 때, 뇌는 강한 자극을 일으켜

신경전달물질인 '도파민'이 폭포수처럼 흘러넘쳐 삶은 즐겁고 행복해지며 그 순간마다 취(醉)함을 느낍니다.

나만의 루틴(Routine)을 완성하기 위해 오늘도 작은 숲을 산책합니다. 매일 반복적으로 숲을 마주하지만 순간순간 다른 느낌으로 취(醉)합니다. 취(醉)하는 감정은 계절마다 다르고 그날 기분과 날씨에 따라서도 다르게 느껴집니다.

숲속을 걷다 보면 나무들과 마주하게 되고 시선이 멈춘 후 한참을 바라봅니다. 그럼 나무는 인사치레로 주성분이 테르펜(Terpene)인 피톤치드(Phytoncide)를 내보내 반겨 주고 내 마음속을 정화시켜 머리를 맑게 해 줍니다. 나무는 그저 땅에 뿌리를 내리고 말없이 그 자리에서 서 있지만, 그 존재만으로도 우리를 이끄는 힘과 매력이 있습니다.

이른 아침에는 희미한 안개 사이로 수줍은 듯 조금씩 신비롭게 나타나고 따사로운 햇살에는 그늘로 인도해 주는 배려심을 펼치며 일몰 시간에는 황금빛 저녁 햇살로 채색한 채 제 몸을 흔들어 유혹하면서도 신용과 의리를 지키기 위해 한자리를 떠나지 않는 우직함과 기다림….

그리고 언제나 싹싹하게 먼저 말을 걸어 오는 친절함이 나를 더욱 더 취(醉)하게 만듭니다.

한겨울, 나무는 잎을 모두 떨구고 바람에 흔들리는 빈 가지만을 몸에 매단 채 홀로 서 있습니다.

그 모습은 마치 깊은 명상으로 깨달음을 얻으려는 수도승을 연상시키고 봄이 오면, 나무는 제시간에 맞춰 기지개를 켜며 새잎 틔우고 화려한 꽃을 세상에 선물하고, 여름이 오면 무성한 녹음으로 넓은 그늘을 만들고 잎 위로 떨어지는 빗소리로 음악을 연주하고…. 가을이 되면, 자신의 잎을 형형색색의 꽃으로 만들어 숲이란 커다란 캔버스에 화려한 터치로 그림을 완성하며 마지막 작별 인사를 건넵니다.

시간의 흐름에 따라 제 모습을 변하며 완성해 나가는 나무를 바라볼 때면 그 속에서 평온함을 찾고, 생명력과 인내심, 그리고 변화를 수용하는 능력은 나를 새로운 세계로 인도하며 자연의 순환과 생명의 고귀함을 느끼게 해 줍니다.

나무는 우리에게 아낌없이 나누어 줍니다.

움직이지 못하는 몸으로 푸르름과 신선한 산소를 공급해 정신적 안정을 선물해 주고, 마지막엔 조각조각 잘린 몸으로 목재를 공급해 줍니다. 그러나 자기의 성과나 업적을 자랑하거나 내세우지 않습니다. 그저 그 자리에서 나대지 않고 자신의 역할에 진심을 다해 최선을 다하는 모습은 우리를 더 취(醉)하게 합니다.

이기주의적 인간은 나무의 썩은 줄기나 가지라도 함부로 자르거나 부러뜨리면 안 됩니다.

그 줄기나 가지는 썩기 전, 힘겹게 잎을 매단 채 거친 바람을 막아주고 그늘을 내려 사람들에게 작은 은혜를 베푼 기억을 지니고 있습니다.

02. 호모 트리피엔스(*Homo Treepiens*)

호모 사피엔스(Homo Sapiens), '슬기로운 사람.'
호모 트리피엔스(Homo Treepiens), '나무와 공존하는 슬기로운 사람.'

나무는 지구상에서 가장 오래된 생명체 중 하나로, 약 3억 8천만 년 전, 고생대 데본기 시기에 등장했습니다.

이 초기의 나무들은 단순한 구조를 가지고 있었지만, 그들은 지구 대기의 산소 농도를 증가시켜 생물과 인류의 탄생에 가장 중요한 역할을 했습니다.

약 35만 년 전에 등장한 호모 사피엔스는 유일하게 현존하는 인류로, 고도로 발달한 뇌, 불의 사용 그리고 높은 수준의 도구, 문화, 언어로 현재까지도 세상을 지배하는 유일한 유인원(類人猿)입니다.

호모 사피엔스, 즉 '슬기로운 사람'이라는 이름을 가진 우리는 오랜 세월 동안 자연과 호흡하며 나무와 함께 살아왔습니다.

나무를 사용하여 집을 짓고, 도구를 만들고, 종이를 생산하고, 열매를 얻습니다. 또한, 나무는 우리에게 신선한 공기를 제공하며, 생태계의 균형을 유지하며, 그늘을 만들어 주고, 아름다운 풍경을 선사하고, 기도와 의식을 위한 성(聖)스러운 장소를 제공해 줍니다.

호모 사피엔스와 나무의 관계는 단순히 물질적인 제공을 넘어 오랜 기간 생명의 유지를 위해 공존(共存)하고 상생(相生)하는 동반자입니다. 그러나 인간은 나무와의 오랜 공존을 파괴하며 탐욕과 욕망을 채워 나갑니다.

지구의 허파로 불리는 아마존 열대우림은 오랜 기간 동안 우리 행성의 생태계에 중요한 역할을 하지만 최근 인간의 활동으로 인해 아마존은 심각한 위기에 처해 있습니다.

벌목, 농업 확장, 광산 개발 등 다양한 이유로 아마존의 숲이 파괴되고 있으며, 이는 생태계의 순환에 큰 영향을 미치고 있습니다. 지구 생태계의 균형을 유지해 주는 인도네시아의 열대우림은 팜유(Palm Oil) 생산을 위한 대규모 팜나무 농장 조성을 위해 숲을 불태우는 '화전농업' 방식으로 무분별하게 개발되어 대기 중의 이산화탄소 농도를 증가시키고, 기후 변화를 가속화합니다. 또한, 이 지역의 산림 파괴로 인해 많은 동식물이 서식지를 잃고 멸종 위기에 처해 있습니다. 열대우림의 주인인 오랑우탄, 수마트라호랑이, 코뿔소 등 많은 희귀종이 큰 위험에 직면해 있습니다.

생물 다양성의 손실은 생태계의 균형을 무너뜨리며, 장기적으로 전파율과 사망률이 높은 신종 바이러스 출현으로 우리의 생존에 결정적 영향을 미칠 수 있습니다.

미국, 호주, 국내 강원 지역에서 발생한 대규모 산불은 대부분 인간의 부주의와 욕망으로 발생해 오랜 기간 우리를 돌봐 준 수많은 숲의 나무들을 태우고 고사(枯死)시켜 황폐화시켰습니다. 오늘날 우리는 환경 문제와 기후 변화의 위기에 직면해 새로운 변화와 이데올로기를 고민하고 있습니다. 나무는 이러한 문제를 해결하는 데 다양하고 중요한 역할을 할 수 있습니다. 인류가 나무와 공존하고 나무를 보호한다면 나무는 대기 중의 이산화탄소를 줄여 주고, 온전하게 생태계를 보호하며, 지속 가능한 발전을 제공해 줄 것입니다.

　나무와 인간의 상호 간 협력(協力)은 지구의 미래를 지킬 수 있는 탁월한 대안일 수 있으며, 그 속에서 우리는 자연과 더불어 살아가는 세상을 만들어 갈 수 있습니다.

　우리 호모 사피엔스들도 자연과의 공존을 통해 멸종을 방지하기 위해서 신인류인 호모 트리피엔스(Homo Treepiens)로의 진화가 필요합니다. Right Now.

　나무의 가장 큰 적은 환경이나 자연이 아니라 사람입니다.

　새로운 인간의 종, 호모 트리피엔스(Homo Treepiens)는 '나무와 공존하는 슬기로운 사람'을 의미합니다.

　"나무는 인간을 보호하며 공존하고, 인간은 나무를 지킨다."
　호모 트리피엔스로 진화하기 위한 기본 모토(Motto)입니다.

　나무는 인간의 이기심에 맞서기 위해 살이 파이는 고통을 견디며 끝까지 저항해 결국에는 자유를 쟁취합니다..

잎을 다 떨구기도 전에 겨울이 왔다.

몸속에 양분을 모두 채우지도 못했는데 겨울이 찾아왔다. 언젠간 겨울이 찾아오리라 기다리고 있었지만 이렇게 빠른 속도로 내게 올 줄은 미처 생각하지 못했다.

'베이비붐 세대.'

전쟁이 끝난 후에 태어나, 경제 성장과 함께 성장한 그들은 누구보다도 역동적인 삶을 살았으며 항상 변화의 중심에 서서 주어진 역할에 최선을 다하며 살았습니다.

초등학교 시절 콩나물 교실에서 2부제 교육을 받았으며, 영화 「말죽거리 잔혹사」의 모든 장면을 견디며 고등학교를 다녔고, 교련복을 입고 군사훈련을 받은 세대이며, 아날로그와 디지털을 동시에 경험했고, 군인들이 정치하는 시대와 민주화를 경험했고, 급속한 산업화 시대와 30~40대에 IMF를 온몸으로 겪은 세대입니다.

자식들 키우고 부모님들 돌보느라 나 자신을 제대로 돌보지 못했고 점점 세상에서 밀려나 명예퇴직을 하거나 정년으로 그동안의 사회생활을 서서히 정리하는 세대…. 노인 빈곤을 걱정하면서 부모를 공양하는 마지막 세대이며 자식들에게 돌봄을 받기 어려운 첫 세대입니다.

그들은 어느새 푸른 잎들은 다 사라진 앙상한 가지만을 붙들고 찬바람을 견디는 겨울나무처럼 서 있습니다.

사회생활을 정리한 지금, 언제까지 무의미하게 세월을 보낼 수만은 없습니다. 지금도 충분히 외로운데 세월에 밀려 희망을 버리면 더욱더 외로워집니다. 몸은 젖은 낙엽처럼 무겁지만 그래도 마음만은 아직도 늘 봄날입니다.

'노마지지(老馬之智).'

늙은 말의 지혜라는 뜻으로, 오랜 세월을 살아온 말이 가진 풍부한 경험과 그로부터 얻은 지혜를 의미합니다.

젊은 시절에 비해 시력과 순발력은 떨어지고 체력은 부족하지만 세월을 그냥 보낸 것은 아닙니다. 늘어난 나이테 숫자만큼 경험은 풍부하고, 성실함을 기본으로 많은 경험을 통해 얻은 깊은 지혜와 신중한 상황 판단으로 문제를 해결하는 능력은 노련하고, 급박한 상황에서도 당황하지 않는 여유가 몸에 배어 있으며, 강한 책임감을 장점으로 가지고 있습니다.

길을 걷다 KFC 매장을 지나다 보면 매장 앞에 흰색 양복을 입고 서 있는 후덕한 인상의 창업자 '커널 샌더스'을 만날 수 있습니다. 그는 평생 동안 사업 실패와 성공을 반복했습니다. 마지막으로 가장 크게 성공한 KFC는 그이 나이 62세에 1,008번의 거절 끝에 이룬 것입니다.

힘내라, '겨울나무'야.

현대 사회의 빠른 변화 속에서 때로는 소외감과 외로움, 고독이 밀려와 높은 낭떠러지 위에 서 있는 기분이 들기도 하고, 육체적인 한계로 인해 어려움을 겪기도 합니다.

새로운 것에 도전할 수 있는 날이 남아 있는데 포기하기에는 아직 이르며, 지금 이 순간 가슴속에서 꿈틀거리는 무언가가 느껴진다면 다시 한번 꿈꾸던 일을 당장 시작해도 아직은 충분한 시간이 남아 있습니다. 시간이 흘러도 배움과 성장의 기회는 끝나지 않습니다.

04. 위대함(*Tremendousness*)

예천군 석송령
사진 제공: 나무 의사 천재은 님

소나무 분재는 단순한 식물을 넘어, 작은 우주를 담은 예술 작품이다. 옹이 진 뿌리부터 곧게 뻗은 줄기, 그리고 푸른 솔잎까지, 자연의 기운을 고스란히 축약해 놓은 듯하다.

마치 세월의 켜가 쌓인 노송을 축소해 놓은 듯한 모습은 보는 이의 마음을 숙연하게 만든다. 소나무를 담은 분재는 멋지고 아름답다. 하지만 위대해 보이지는 않는다.

예천 천향리 석송령(石松靈, 천연기념물 제294호)은 위대하다.

600년이란 긴 시간 동안 수많은 자연재해에 가지가 찢어지고 부러지는 아픔을 참으며 도전하는 자연과 인간에 맞서 당당히 싸워 이겨 냈고, 40m나 되는 수관(樹冠)을 줄기 하나로 버텨 내며 자신을 지켜 냈다.

한 나라의 흥망성쇠와 새로운 세상이 열림을 묵묵히 지켜보면서 때로는 기쁨에 가슴이 벅차올랐을 것이고, 때로는 애통하고 비참함을 참고 긴 세월을 묵묵히 제자리를 지켜 냈다. 그래서 석송령은 위대하다.

농구 황제 마이클 조던(Michael Jeffrey Jordan, 1963년~)은 정말 대단한 선수다. 그의 플레이를 보고 있으면 농구는 스포츠가 아니라 예술 작품인 듯하다. 조던이 복귀를 선언했을 때 광고 모델이었던 맥도날드, 게토레이, 나이키의 주식이 20% 상승했고, 조던이 은퇴를 선언했을 때 맥도날드, 게토레이, 나이키의 주식이 30% 하락했을 정도로 조던은 단순한 농구 선수를 떠나 한 시대의 스포츠와 문화의 아이콘이다.

그는 정말 대단하다.

농구선수 '빌 러셀(William Felton "Bill" Russell, 1934년 2월 12일~2022년 7월 31일)'은 정말 '위대한 승리자'이다.

키가 큰 빌 러셀에게 주변 사람들이 물었다.

"당신은 농구 선수인가요?"

러셀은 그때마다 아니라고 대답하는 대신 자신에 대해 이렇게 말했다.

"농구 선수가 아니라, '농구를 하는 한 인간'입니다."

농구 역사에서 '빌 러셀'은 그 누구와도 비교할 수 없는 위대(偉大)한 선수다. 그의 경이로운 커리어는 단순한 통계나 기록 이상의 의미를 지니고 있으며, 농구라는 스포츠와 사회에 깊은 영향을 미쳤다.

'빌 러셀'의 위대함은 그가 남긴 수많은 우승과 수상 기록에서 확인할 수 있다. 11번의 NBA 챔피언십 타이틀을 획득했고, 정규 시즌 5회의 MVP를 수상했으며, 그의 등 번호 6번은 NBA 30개 팀에서 영구결번으로 지정되었으며, 1974년 네이스미스 농구 명예의 전당으로 헌액되었다. 이는 단순히 팀의 일원으로서의 기여를 넘어서, 팀을 이끄는 리더로서의 역량을 입증하며, 그의 수비력과 리바운드 능력은 시대를 초월하여 여전히 많은 선수에게 영감과 기준점이 되고 있다.

하지만 '빌 러셀'의 진정한 위대함은 코트 밖에서도 발휘되었다. 그는 인종 차별이 심했던 시기에 자신의 목소리를 내며, 스포츠계뿐만 아니라 사회 전체에 큰 영향을 미쳤다.

그는 불평등과 차별에 맞서 싸우며, 더 나은 세상을 만들기 위해 노력한 진정한 선구자였다. 러셀의 이런 노력은 단순한 농구 선수로서의 삶을 넘어서, 그의 인격과 신념이 반영된 결과이기도 하다. 팀워크와 협력의 중요성을 강조하며, 개인의 명예보다는 공동의 승리를 위해 헌신한 그의 정신은 오늘날 많은 선수와 팀에게 큰 교훈을 주고 있다.

그의 위대함은 뛰어난 운동 능력이나 기록적인 성과에만 있는 것이 아니다. 그는 피부색에 대한 편견과 차별에 당당하게 맞서고 불의에 굴복하지 않았으며, 그 두려움을 이겨 냈다.

스포츠를 통해 더 나은 사회를 꿈꾸었고, 실제로 그러한 변화를 이끌어 냈다. 그의 평등에 대한 진정한 용기와 공동체를 위한 희생은 시간이 지나도 퇴색되지 않을 것이다. 사계절 푸른 빛을 뽐내는 한 그루 소나무처럼….

그래서 빌 러셀은 대단함을 넘어선 위대(偉大)한 농구 선수다.

"패배에서 배움을 찾아야 한다. 그래야만 성공을 만날 수 있다."

- 빌 러셀

척박한 땅에 씨앗이 떨어져 자리를 잡고 뿌리를 내렸다고 원망하지 마라.

척박한 땅에 자리 잡은 씨앗은 뿌리를 아래로 내리기 위해서는 서너 배 더 오랜 시간이 걸리겠지만 숨이 차오를 때까지 땅을 꾸준히 밀어내고 막아선 돌멩이들에 걸려 돌아가더라도 쉼 없이 뻗어 가다 보면 어느새, 척박한 땅속을 헤집고 뻗어 나간 뿌리는 당당하게 땅속을 딛고 버티며 하늘을 받치는 가지와 움(싹)을 키워 내 어느 비바람에도 결코 흔들리지 않는 뿌리를 가진 큰 나무가 될 수 있다.

뿌리는 보이지 않는 땅속에서 제 일을 다하며 나무를 지켜 주고 있다. 눈에 보이지 않는 자리에 있지만 줄기와 가지를 붙잡고 끊임없이 땅속의 양분을 모아 잎으로 보내 생명을 지속한다.

나무의 웅장하고 넓은 수관은 깊은 뿌리에서 시작된다.

뿌리가 깊이 내려갈수록 거센 바람에도 흔들리지 않고 굳건하게 서 있을 수 있다. 우리의 삶도 마찬가지이다.

깊은 뿌리처럼 탄탄한 기반을 다져야 어떠한 역경에도 굴하지 않고 살아갈 수 있다.

무엇을 하든 어느 곳에서든 환경을 탓하기보다는 자신을 성장시킬 수 있는 때를 믿고 기다려야 하며 신념과 가치관은 깊고 확고해야 외부의 영향을 받지 않고 흔들림 없이 자신만의 길을 걸어갈 수 있다. '뿌리 깊은 나무'는 수관을 뒤흔드는 거센 폭풍우에도 흔들림 없이 묵묵히 그 자리를 지키며 제 역할을 다한다. 뿌리의 생장은 봄에 줄기보다 먼저 시작하여 가을에 낙엽이 질 때까지 지속되며, 겨울철에는 낮아진 온도에 순응하며 멈춰 선 채 구도자처럼 땅속 구석구석을 탐구하고 음미하면서 자기 품을 키울 그때가 올 때까지 숨죽인 채 조용히 기다린다.

척박한 땅에 씨앗이 떨어져 자리를 잡았다고 원망하지 마라. 추운 겨울 얼어 버린 땅을 원망하지 마라. 영원한 겨울은 존재하지 않으니 지금 이곳이, 바로 이때가 뿌리를 깊게 내릴 수 있는 절호의 순간이며 기회다.

"뿌리 깊이 박힌 나무는 베어도 움이 다시 돋는다."

– 『법구경』

06. 수관(樹冠)이 넓은 나무는
그늘도 넓다

운산 여머리 느티나무

수관(樹冠)은 나무의 원 몸통에서 나온 가지와 잎들입니다.

수관은 그 나무의 얼굴이며 마음(心)입니다.

수관이 넓게 펼쳐진 나무 아래에 서 있으면 나무 그늘 사이로 부드
러운 바람이 불어오고, 잎사귀들은 살랑거리며 노래를 부르고 그 사
이로 보이는 파란 하늘을 바라보면 수관이 큰 나무는 나를 다독여 주

고 위로해 줍니다.

나무의 수관은 마치 사람의 마음과 같습니다.

수관이 넓을수록 더 많은 생명을 품고, 새들도 마음 편하게 안식처를 만들고, 더 넓은 그늘과 바람을 만들어 냅니다.

넓은 수관같이 마음이 넓은 사람은 더 많은 사람을 포용하고, 더 큰 행복을 나누어 줍니다.

모든 나무가 처음부터 넓은 수관을 갖는 것은 아닙니다.

오랜 시간 동안 변함없이 광합성으로 에너지를 만들고 호흡하며 자연에 도전하여 꾸준하게 성장시킨 결과물입니다.

마음 넓게 태어난 사람도 존재하겠지만 처음부터 그런 존재는 흔하지 않습니다.

사람은 신(神) 아닌 나약하고 부족한 존재이니….

그들도 수많은 경험과 고난을 바탕으로 인간적으로 성숙하였으며 그 시간을 통해 자신의 마음을 넓혀 왔습니다.

인생의 여러 가지 시련 속에서도 포기하지 않고, 더 넓은 시야로 세상을 바라보며 성장해 마침내 더 많은 사람을 이해하고 포용하는 수관이 큰 나무로 성장했습니다.

하루하루 사는 것이 견디기 힘들다고 모두 아우성입니다.

아무리 성실하게 열심히 살아도 별반 나아지는 것이 없다고 원망들을 합니다.

아름답고 큰 수관을 가진 나무는 저 혼자 우뚝 서길 바라서는 안 될니다. 넓게 펼쳐진 가지와 잎사귀로 숲을 이룬 생명체들에게 그늘과 보호를 제공하며 더불어 살기를 원해야 합니다.

키가 크고 수관이 넓은 나무는 단순한 숲속의 권력자들이 아닙니다. 사람들의 마음속을 온기로 채워 주고, 그들을 인도하며, 함께 더 나은 세상을 위한 꿈을 말하고 희망을 나누는 정직하고 공평한 나무들입니다. 그리고 넓게 팔을 벌려 그늘을 만들고 그 아래에서 지친 사람들을 편하게 안아 줍니다. 어제와 다른 새로운 날이 찾아오고 수관이 넓은 나무가 우리 곁으로 다가와 모두가 마음 편하게 쉬는 날이 언젠가는 오리라는 희망을 가져 봅니다.

"오늘 누군가 그늘에 앉아 쉴 수 있는 이유는 오래전에 누군가가 나무를 심었기 때문이다."

- 워런 에드워드 버핏(Warren Edward Buffett)

"세월에 두 가지를 잃었을 때 슬프고 견디기 어려웠지만 삶을 두려워하거나 포기하지 않았다."

"백송의 진정한 멋스러움은 큰 키와 웅장한 겉모습이 아니다. 오랜 시간을 견디며 제 살의 색을 찾아가는 긴 여정이다."

백송(白松)은 중국 원산의 상록침엽교목으로 잎이 3개인 삼엽송의 소나무로 선비의 고결함을 상징하는 나무다.

충청남도 예산군 신양면 용궁리에는 수백 년의 역사를 지닌 백송 한 그루가 오랜 시간 자리를 잡고 있다.

12월 초 이 백송을 만나기 위해 용궁리 백송공원에 도착했다.

처음 백송공원의 주차장에서 전경을 보면 눈에 먼저 들어오는 것은 백송이 아니라 우측과 좌측에 자리 잡은 소나무들이다.

우측의 소나무는 힘차게 하늘을 향해 우뚝 솟아 거대하고 웅장하며 힘 있는 기상이 느껴진다.

좌측에 있는 소나무는 제 성질을 못 이겨 자기 맘대로 누워 자란 개성 강하고 자유로운 영혼의 소나무다. 주차장에서 바라본 백송은 모습은 조금 실망스럽다. 천연기념물(제106호)로 지정되었으니 웅장한 수형(樹形)과 거대한 크기를 기대했던 내 기대와는 어긋났기 때문이다. 그러나 발걸음을 옮겨 가까이 다가가 백송을 만나면 경이로움에 감탄이 절로 나온다.

원래 세 가지로 자라서 아름다운 수형(樹形)을 자랑했지만 현재 두 가지는 고사한 상태고 한 가지만 남아 있다.

이 백송의 진정한 멋은 수피(樹皮, 껍질)에 있다.

백송의 수피는 어릴 때는 연한 녹색이지만 시간이 지날수록 큰 비늘 조각으로 벗겨지며 청백색의 얼룩무늬로 변한 후 40년 정도가 지나면 큰 수피가 떨어지며 백송 특유의 백색 빛깔이 나타난다. '용궁리 백송'은 사랑하는 두 줄기를 잃은 채로 수많은 세월과 계절을 견뎌 내며 헌 수피을 벗어 내고 백색의 수피로 제 모습을 찾아 오늘도 제자리를 지키며 서 있다.

이 백송의 진정한 가치와 멋은 여기에 있다.

제 모습을 찾기 위해 인고의 세월을 견디며 결국에는 은백색의 갑옷을 입은 기사처럼 당당하게 하늘을 향해 서 있어 어른스럽다.

초겨울이라 주변 활엽수들은 낙엽을 떨구고 나목(裸木)으로 서 있지만 백송은 여전히 푸른 잎을 흔들며 서 있다.

백송의 거대한 줄기를 손으로 만져 보니. 거친 껍질의 감촉과 그 아래 숨 쉬고 있는 나무의 강한 생명력이 느껴진다.

백송 아래에서 잠시 서 있으니, 겨울바람이 살랑살랑 불어와 나뭇잎들이 서로 부딪히는 소리가 들린다. 온전히 자기 색을 찾기 위해 수많은 시간을 보낸 백송은 그렇게 조용히, 그러나 강하고 힘 있게 나에게 플러팅(Flirting)을 시작한다.

"너만의 색(色)을 잃지 말고, 시간이 흘러도 변하지 않을 진정한 너만의 색을 가지라고.

그리고 너만의 색을 가지려면 자신을 사랑하고 인고(忍苦)의 세월을 참고 견디라고."

08. 나목(裸木)

"나목은 견디기 힘든 외로움을 안고 살지만 봄을 향한 희망만은 결코 잃지 않습니다."

나목(裸木), 겨울의 강인한 생명력….

한겨울의 숲을 거닐다 보면, 세상이 멈춘 것 같은 고요함 속에서 나무들은 잎을 모두 떨구고 맨몸으로 겨울바람을 이겨 내며 묵묵히 서 있습니다.

이때쯤이면 우리는 나뭇잎을 모두 잃고, 빈 가지만 붙들고 서 있는 나목(裸木)들을 만나게 됩니다.

나목들의 모습은 초라하고 외롭게 보이지만 그 내면에는 강인한 생명력이 있습니다. 나목은 겨울을 견디며 꽃과 잎을 피울 시간을 기다리며 그 자리에 서 있습니다.

모든 것을 잃고 좌절하는 긴 겨울에도 나목(裸木)들은 가능성과 희망의 끈을 꼭 붙들고 서 있으며, 한결같이 하늘을 향해 뻗은 자기 가지를 지키려고 매섭게 불어오는 겨울바람에도 유연하게 흔들리며 추운 겨울을 버텨 냅니다.

겨울바람에 흔들린 가지들은 더욱 단단해지고, 뿌리는 제자리의 흙을 더욱더 강하게 움켜쥡니다.

겨울을 견뎌 낸 후 더 강해진 뿌리는 결국엔 봄을 맞이하고 새 가지를 만들어 키를 키우고 꽃을 피우고 열매를 맺습니다.

나목(裸木)의 시간은 마치 우리 인생의 일부로 느껴집니다.

살다 보니 주위를 돌아보지 못하고 오직 정면만을 바라보며 정말 열심히 달려왔습니다. 지치고 힘들지만 쉬거나 멈춰 서서 주변을 돌아보면 경쟁에서 밀려 뒤떨어질 것 같은 불안감에 달리고 또 달렸습니다.

최선을 다해 열심히 살아왔다고 자부하는 순간 겨울은 찾아왔고 모든 것을 잃은 듯한 허무와 고독 그리고 쓸쓸함을 안고 살아갑니다. 겨울은 예상한 것보다 더 차갑게 다가와 채찍질하듯 매섭지만 가지만 남은 나목(裸木)의 시간은 세 계절을 달려온 시간에 대한 보상이며, 쉼과 재도약을 위한 배려의 시간이라고 믿습니다.

살아온 날이 60년 언저리면 나목(裸木)처럼 모든 잎을 다 털어 버리고 새로운 희망을 품은 채, 쉼을 누리며 잠시 멈춰 서 주위를 천천히 바라봐도 좋은 시간입니다.

겨울이 계절의 끝이 아님을 깨닫습니다.

2월 말에, 다시 나목(裸木)의 줄기와 가지를 천천히 살펴봅니다. 나무껍질이 겨울의 건조함을 벗어나 촉촉해지고, 가지들 사이로 햇살이 스며들어 생명을 불어넣으면 바람에 살랑거리는 가지들이 잎을 내놓으려 꿈틀거립니다.

나목(裸木)에서 생명을 잉태한 나무로 다시 태어나려 에너지를 모으고, 사지(四肢)를 쭉 펴 봅니다.

새로운 시작과 탄생을 이루려는 숙명(宿命)을 이제 다시 시작합니다. 나목(裸木)은 겨울 동안 잎을 떨어뜨리면서 모든 것을 잃은 순간에도 희망을 품은 채 묵묵히 오늘을 기다렸을지도 모릅니다.

09. 뿌리 접합(*Root Junction*)

뿌리 접합(接合)은 단순히 두 개의 나무 사이의 연결을 넘어, 숲 전체를 하나의 거대한 생명체로 만들어 준다.

숲속의 모든 나무는 뿌리를 통해 서로 연결되어 하나의 거대한 그물망을 형성하며, 이 그물망은 숲 전체의 생태계를 안정적으로 유지하는 데 중요한 역할을 한다.

마치 인간 사회의 사회적 네트워크(Network)처럼, 숲속의 뿌리 네트워크는 정보를 공유하고 자원을 효율적으로 활용하는 데 기여한다.

'포플러' 뿌리는 지하에서 서로 연결되어 하나의 거대한 네트워크를 형성하고 이 네트워크를 통해 물과 영양분뿐만 아니라, 해충 공격에 대한 경고 신호 등 다양한 정보를 교환한다.

소나무 숲의 '뿌리 접합' 현상은 자연의 놀라운 생명력과 복잡한 생태계를 상징한다. 소나무는 척박한 땅에 자리를 잡고 강한 생명력을 유지하고 있으며, 네 계절 내내 푸르다.

지표면 아래에 숨겨진 뿌리들의 세계는 인간의 상상을 뛰어넘는 고차원적인 생명 시스템을 유지하며, 불리한 환경을 극복하는 비법은 자연의 신비와 경이로움을 느끼게 한다.

소나무 숲은 뿌리 접합과 공생(共生)하는 균근(菌根)으로 서로 연결되어 균형을 이루며 살아가는 방식을 보여 주며, 이는 숲 전체에 다양하고 복잡한 네트워크를 형성한다.

소나무의 '뿌리 접합'은 서로 다른 나무들이 뿌리를 통해 연결되어 자원을 공유하고, 더 강한 생명력을 갖추게 하는 현상으로 이는 마치 사람들 간의 협력과 유대감을 상징한다.

또한, 소나무 뿌리와 균근의 공생 관계는 자연의 놀라운 조화와 협력의 예술이다. 균근(菌根)은 소나무 뿌리와 연결되어 영양분을 주고받으며, 나무의 생장과 건강에 큰 도움을 준다. 균근은 땅속 깊은 곳에서 다양한 영양소를 흡수하여 나무에게 전달하고, 나무의 뿌리를 보호하고, 병해충의 침입을 막아 주며 수분을 제공해 건조를 방어하는 중요한 역할을 한다. 송이버섯은 소나무와 공생하는 균근을 대표하며 인간에게도 미식(美食)을 제공한다. 나무는 광합성을 통해 얻은 당분(탄수화물)을 균근에게 제공하는 공생(共生)으로 이 둘은 서로 협력하며 숲의 주인으로 살아간다.

'상호공생(相互共生)'은 서로 의존하며 살아가는 우리의 사회와도 참 많이도 닮아 있다.

아무리 뛰어난 기술력으로 혁신적인 제품을 개발하더라도 제대로 된 마케팅이 동반되지 않는다면 시장에서 제대로 된 평가를 받기 어려워져 사업으로의 성공은 불투명해진다.

상호 간 부족한 점을 채워 주고, 장점은 극대화하여 최종적으로 양쪽 모두에게 이익이 되기 위한 공생은 더 이상 선택이 아닌 필수적 요소다.

지역 사회에서 '상호공생'의 개념을 실현하는 방법 중 하나는 지역 기업과 주민들이 협력하여 지역 경제를 활성화하는 것이다.

지역 기업은 주민들에게 양질의 제품과 서비스를 제공하고, 주민들은 지역 기업을 지원함으로써 지역 경제의 활성화를 통해 상호 간 지속적인 발전이 가능하다.

이를 통한 상호 의존적인 관계는 지역 사회의 결속력을 강화하고, 공동체 의식을 높이는 데에도 기여한다.

'상호공생'은 사회 구성원 간 네트워크를 통해 서로를 도우며, 어려움 속에서도 함께 이겨 낼 수 있는 힘을 상징한다.

우리 사회는 모든 분야에서 자기 자리를 지키면서 서로 정보를 공유하고 나누고 협력한다.

'상호공생'의 시작점은 서로의 차이와 개성을 인정하고, 이해하는 것에서 시작되며, 이를 통해 더욱 풍요롭고 안정적이며 조화로운 사회를 만들어 갈 수 있다.

나무들이 '뿌리 접합'과 '상호공생'을 통해 서로 정보를 공유하며 동반 성장을 하는 모습은 혼자가 아닌 공동체의 중요성과 정보의 공유가 숲을 이루는 기본임을 확인해 준다.

나무들은 한 가지 수종으로 구성된 '단순림(單純林)'보다 여러 수종이 한데 어울려 구성된 '복층림(複層林)'이 병해, 해충과 불리한 환경을 방어하는 데 유리하다는 것을 오래전부터 경험을 통해 알고 있는 현명하고도 영악한 존재들이다.

송곡서원 향나무(좌)

처음 시작은 한 줄기와 몇 마디 가지 그리고 아주 작은 잎사귀 몇 장에 불과했다. 하지만 매일 아침마다 따스한 햇빛과 상쾌한 바람이 나무를 감싸안았고, 때로는 거센 비바람이 몰아쳐도 뿌리를 깊게 내리는 법을 배웠다.

나무는 그렇게 한 줄기로 시작해 큰 나무가 되어 결국에는 용(龍)이 되어 하늘로 오른다.

송곡서원 향나무(우)

향나무는 측백나뭇과에 속하는 사계절 잎이 푸른 상록교목으로 얇게 벗겨지면서 세로로 찢어지는 줄기에서는 은은하고 독특한 향이 난다. 그 향기가 후각을 자극하면 어릴 적 연필 냄새와 추억이 떠오른다. 그래서 애칭으로 목향(木香)이라고도 부르며, 붉은 옷을 입은 것 같은 수피(껍질)를 가지고 있어 자단(紫檀)이라고도 불린다.

예로부터 향나무는 그 향기가 하늘 끝까지 뻗어 나가 하늘과 사람을 연결해 주고 향기는 몸과 마음을 맑게 한다고 하여 제사나 종교의식에서 향을 피우는 주재료로 사용되는 나무로 불교에서 향은 해탈(解脫)을 의미하기도 한다.

충남 서산에서 간월도 쪽으로 가다 보면, 인지면 소재지를 지나면 우측으로 유방택 천문기상과학관 옆에 이 지역에서 배출된 향현(鄉賢)의 위패를 모신 송곡서원이 자리 잡고 있고, 서원 입구 좌우측으로 향나무 두 그루(천연기념물 제553호)가 우뚝 솟아 있다. 약 600년 수령으로 두 그루가 서원 입구 좌우로 자리를 잡고 있는데 태극, 음양 사상이 반영된 것으로 '둘'이라는 숫자는 음과 양, 하늘과 땅, 남과 여, 명(明)과 암(暗) 등 우주 만물의 조화와 이치를 나타낸다.

자동차로 지나가면서 이 나무를 보거나 멀리서 바라보면 그저 오래된 한 그루의 향나무로 보일 수도 있다.

사람들 중에서도 가까이 다가가야 진정한 매력을 느낄 수 있는 사람이 있고 일정한 거리에서 향기가 나는 사람이 있다.

나무도 사람과 크게 다르지 않다. 어떤 나무는 멀리 떨어진 채 찬찬히 감상해야 멋있지만, 이 향나무는 그와 반대로 가까이 다가서야 진정한 품위를 느낄 수 있다. 진입로를 따라 한 발 한 발 옮겨 다가갈수록 마치 용(龍)의 형상을 한 채 하늘로 오르는 흑백영화의 한 장면처럼 내게로 서서히 다가온다. 오랜 세월을 견딘 줄기는 갈라지고 비어 있기도 하지만 가지는 용(龍)의 뿔처럼 구부러져 있었고, 껍질은 마치 용(龍)의 비늘처럼 반짝이며 서 있고, 이 모습은 용(龍)의 형상 그 자체로 송곡서원을 지키는 수문장 역할을 제대로 한다.

아마 이 향나무도 처음에는 용(龍)의 형상을 가지리라 생각지 못했을 것이다. 처음에는 그저 서원 앞에 심긴 작은 향나무였으리라.

오랜 시간 자기 자리를 지키며 인내하며 묵묵히 하루하루를 견디다 보면 그저 그런 한 그루의 나무도 마침내 신비한 형상과 위엄을 지닌 용(龍)으로 하늘을 향할 수 있다.

송곡서원을 지키는 이 향나무 두 그루는 의심하는 사람들에게 그것을 정확하게 증명해 준다.

물질은 풍요로워졌는데 무슨 이유에선지 점점 살기 힘들고 팍팍한 세상이 되어 가며 사람들 마음속에 낭만은 사라져 버린 지 오래다. 각종 매체에서 전하는 내용과 사람들이 모여서 웅성거리는 소리는 심란하고 희망과 삶의 가치마저 짓누른다. 어쩌면 이 고난의 시간이 나를 용(龍)의 형상으로 만들어 줄 수도 있다. 오늘 하루도 견디고 인내하자.

그리고 건강하게 살아 있음에 감사하고 그 시간을 즐기자. 안개로 뒤덮은 시간도 살다 보면 그럭저럭 살아진다.

"知之者不如好之者, 好之者不如樂之者(지지자불여호지자, 호지자불여락지자).

어떤 사실을 아는 사람은 그것을 좋아하는 사람만 못하고, 좋아하는 사람은 즐기는 사람만 못하다."

- 『논어』

11. 하늘에 닿기를 원하는 나무는

"하늘에 닿기를 원하는 나무는 땅속 가장 깊은 곳으로 내려가야 한다.
뿌리가 지옥까지 깊이 내려가면 가지들이 하늘에 닿을 수 있다."

- 프리드리히 빌헬름 니체(Friedrich Wilhelm Nietzsche)

"하늘에 닿기를 원하는 나무는 땅속 가장 깊은 곳으로 내려가야 한다."

이 명언은 마치 역설처럼 들리지만, 깊이 생각해 볼수록 인생의 많은 진리를 담고 있다.

나무는 하늘을 향해 뻗어 나가는 가지를 가지고 있지만, 그 줄기와 가지를 지탱하고 성장시키는 힘은 땅속 깊은 곳에 뻗어 있는 뿌리에서 나온다.

어떻게 하면 하늘에 닿을 수 있을지를 고민하는 나무에게 주변 큰 나무들은 "바보야, 하늘은 너무 높은 곳에 있어서 절대 닿을 수 없어."라며 어쭙잖은 충고와 무시를 하지만 하늘에 닿기를 원하는 나무는 자신의 꿈을 이루기 위해 주위의 비아냥을 참아 내며 끊임없이 성장한다. 우선 뿌리는 투구와 갑옷을 걸치고 지구의 중심을 향해 깊게 돌진해 양분과 물을 흡수하며, 가지와 잎은 하늘을 향해 기백 있게 뻗어 나간다. 하늘에 닿기 위해 뻗어 나가는 나무는 자신의 꿈을 한 번도 내려놓지 않는다. 극한의 겨울, 차갑게 언 땅에서도 하늘을 생각하며 조용히 숨죽인 채 호시탐탐 흙 속을 밀고 나아갈 준비를 한다.

나무는 하늘에 닿기 위해 많은 어려움과 시련을 겪지만 절대로 원망하지 않는다. 바람에 흔들리고, 폭풍우를 견뎌 내며, 때로는 타는 목마름을 이겨 내는 과정에서 나무는 더 강하게 성장하고, 그 뿌리는 흔들림이 없으며, 가지와 줄기는 더 높고 먼 곳으로 달려 나간다.

하늘에 닿기를 원하는 나무는 자신의 꿈을 이루기 위해 끊임없이 자라며, 그 속에서 많은 생명과 대화를 나누고 함께 공존한다. 새들을 위해 보금자리를 내어 주고, 몸집이 작은 곤충들에게는 꽃으로 유인해 달콤한 꿀을 선물하고, 사람들에게는 편안함과 동시에 여유를 제공하며 더불어 살아간다.

나무는 끝까지 하늘에 닿지 못할 수도 있지만 그것이 모든 것에 대한 실패를 의미하지는 않는다.

하늘에 닿기를 원해 나아가면서 살아 있음을 느꼈고 끊임없이 성찰하면서 하루에도 몇 번씩 찾아오는 시련을 견디며 이겨 낸다. 하늘을 향한 가지 끝이 하늘에 떠 있는 태양과 구름 그리고 별들을 보면서 무한한 가능성과 새로운 세상을 확인하는 사이 성장해 커다란 나무로 성숙해 간다.

12. 푸른 숲이 되려거든 함께 서라

"빨리 가려거든 혼자 가라.
멀리 가려거든 함께 가라.

빨리 가려거든 직선으로 가라.
멀리 가려거든 곡선으로 가라.

외나무가 되려거든 혼자 서라.
푸른 숲이 되려거든 함께 서라."
- 인디언 속담

푸른 숲은 무리의 어울림을 통해 성숙하며 아름다운 풍경을 완성한다. 소나무, 참나무, 은행나무, 때죽나무, 단풍나무로.

푸른 숲은 단 한 그루의 나무로 이루어지는 것이 아니라, 수많은 나무가 서로 의지하고 협력하여 만들어진다.

숲속 나무들은 서로 부대끼고 경쟁하며 성장하지만, 동시에 서로에게 의지하고 도움을 주기도 한다. 햇빛을 선점하기 위해 뻗어 나가는 가지들은 서로 부딪히면서 전쟁을 벌이지만 결국에는 빛을 나누며 공존하며 살아간다.

뿌리는 구역 없이 서로 얽히고설켜 땅속 깊이 뻗어 나가 영양분을 흡수한다. 이처럼 나무들은 서로에게 영향을 주고받으며 함께 성장해 나간다.

우리도 별반 다르지 않다. 서로에게 배우고, 격려하고, 도움을 주면서 함께 성장하며, 혼자서는 느끼기 어려운 시너지(Synergy) 효과를 만들어 내며, 그런 힘들이 모여 더 큰 목표를 향해 나아간다.

나무들 하나하나가 모여 무리와 집단을 형성한 숲은 단순한 '모임' 이상의 가치를 재탄생시킨다.

더욱 울창하고 건강한 생태계를 만들어 내고, 끊임없이 신선한 산소를 생산하고, 다양한 생명체에게 삶의 터전과 먹거리를 제공한다.

우리 사회도 마찬가지 아닐까?

개인은 사회라는 숲속의 한 그루 나무다.

각자의 개성과 능력을 가지고 살아가지만, 서로 연결되어 있고 서로에게 의지하고 영향을 미치며 혼자서는 이룰 수 없는 목표도 함께 노력한다면 이룰 수 있다.

인간은 협력과 상생을 통해 더욱 역동적이고 창의적인 힘으로 더 나은 사회를 만드는 유전자를 가지고 태어난다.

숲을 이루기 위해서 우리는 가장 먼저 서로가 '다름'을 인정하고 공존해 나아가야 하며, 강자는 약자를 보호해야 하며 서로 다른 생각과 가치관, 사상을 존중하고, 다양성을 포용할 때 우리 사회는 긍정적 발전이 가능해지고 지속된다.

우리는 더 이상 단일민족(單一民族)이라고 자부하지 않는다.

제조, 건설, 농업 분야에서 다수의 외국인과 다문화 공동체를 이루며 생활하고 있다.

특히, 농촌 지역에서 농사일을 돕는 다문화 외국인들의 역할과 활용성은 절대적이다.

그들은 더 이상 우리 사회에서 이방인이 아니며, 사회 전체의 발전에도 일정한 역할을 하는 우리의 이웃이다.

하지만 아직도 우리는 차별과 편견의 눈으로 그들을 바라보며 대우한다. 이제는 그들도 커다란 숲을 이루는 하나의 나무들이며 구성원이다.

키가 큰 나무와 키가 작은 나무, 잎이 넓은 나무와 잎에 가시가 있는 나무, 사철 푸르른 나무와 가을이 되면 새 옷을 입기 위해 잎을 떨구는 나무들이 서로 어울려 하나의 커다란 숲을 이룰 때 숲은 더 안정적이고 균형 있게 발전한다. 외진 곳에 떨어진 나무 하나는 그저 나무일 뿐 그 이상도 이하도 아니다. 서로 다른 모습들이 모여 서로 다름을 인정하고 존중하는 모습을 우리는 '숲'이라고 부른다.

13. 나무와 응어리

살면서 마음 한편, 응어리 없는 삶이 어디 있으랴.
내 탓이든 남 탓이든

붙들고 원망하면 무엇 하나
팽개치고 흔든다고 편해지나.
원망하고 녹여 봐도 제자리면
안고 살면 그만이지.

그러다 보면 어느 날, 응어리를 뚫어 낸
새 가지가 잎도 줄 수 있으니

살면서 행복하기만 한 삶이 어디 있으랴.
내 덕이든 남이 덕이든.

14. 등 굽은 소나무

산속 깊은 곳에 오래된 숲이 있었습니다.

그 숲속에는 떡갈나무, 상수리나무, 단풍나무, 싸리나무, 작살나무,

팥배나무, 소나무들이 어우러져 살고 있었고, 그중에는 눈에 띄게 '등 굽은 소나무'가 하나 서 있었습니다.

'등 굽은 소나무'는 제 모습이 부끄러웠습니다.

다른 나무들은 똑바로 하늘을 향해 자라고 있었지만, 이 소나무는 어린 시절의 상처 때문인지 등 굽은 모습으로 자라났습니다. 처음 숲에 들어온 사람들은 이 소나무를 보고 이상하게 생각했습니다.

"왜 저 나무는 저렇게 힘들게 등이 굽은 채로 자랐을까?"

사람들은 궁금해하며 소나무를 쓰다듬고 만지면서 안쓰럽고 측은한 눈빛을 보내며 지나쳐 갔습니다.

'등 굽은 소나무'는 그런 시선을 느끼면서도 한결같이 그 자리에 서 있었습니다.

어느 날, 한 작고 귀여운 박새가 숲속의 그 소나무에 앉은 채 물었습니다.

"왜 너는 이렇게 구부러진 채로 자랐니?"

소나무는 잠시 침묵하다가 조용히 말했습니다.

"나는 처음부터 큰 바람이 부는 곳에 떨어져 어릴 때부터 자라면서 이렇게 구부러진 채로 자라게 되었어. 하지만 나는 바람을 원망하지 않아. 내 모습 그대로 이렇게 구부러져도 버틸 수 있는 강한 나무가 되었거든."

박새는 소나무의 말을 듣고 고개를 끄덕였습니다.

"너는 정말 대단해. 구부러진 채로도 이렇게 자라난 건 네가 얼마나 강한지 보여 주는 거야."

그 말을 들은 소나무는 마음속 깊이 따뜻함을 느꼈습니다.

세월이 흘러 곧게 자란 나무들은 베어져 숲을 떠났지만 '등 굽은 소나무'는 오랫동안 거센 비바람을 이겨 내며 더욱더 강인해졌고 더 이상 자신의 모습을 부끄러워하지 않고 그 모습 그대로를 사랑하게 되었습니다.

이제 '등 굽은 소나무'는 숲속에서 가장 특별한 나무가 되었습니다. 하늘을 향해 커다란 팔을 뻗은 채로 사람들의 슬픈 사연을 들어 주고, 소원을 이루게 하는 '서낭나무'가 되었습니다.

그 나무는 자신의 상처와 어려움을 극복하며 시간이 지날수록 더욱 강해진 모습을 보여 주었고, 사람들은 그 나무를 보며 자신들 역시 어떤 어려움도 이겨 낼 수 있다는 희망을 가지게 되었습니다.

이제 숲속의 '등 굽은 소나무'는 그곳을 지나는 모든 이의 시선을 멈추게 하는 숲속의 성자(聖者)가 되었고 그가 살아온 시간은 전설처럼 사람들의 입에서 입으로 전해져 인내와 용기의 상징으로 남아 있습니다.

등 굽은 소나무는 오늘도 그 자리에 서서 말없이 세상을 바라봅니다.

숲길을 걷다, 나무들을 본다.

햇빛을 많이 받아 곧게 키가 큰 나무

양보 없이 제 설 자리보다 더 넓게 자리 잡은 나무

바람에 부러지지 않으려 허리가 굽은 나무

바람에 한쪽 가지를 잃은 나무

넘어지는 자기 한쪽 줄기에 어깨를 내어 준 나무

군락(群落)에서 벗어나 외롭게 홀로 서 있는 나무

자리가 좋아 큰 나무가 되었음에도 여전히 뿌리를 뻗고 있는 나무

큰 나무 밑에서 간신히 햇빛을 받고 있는 허약한 나무

더 많은 햇빛을 얻기 위해 경쟁하는 나무

벼락을 맞아 가지가 모두 찢긴 상처투성이 나무를….

숲길을 걷다, 인간의 군상(群像)을 본다.

16. 중력(重力, *Gravity*)을 거슬러

중력(重力, Gravity): 지구가 물체를 잡아당기는 힘.

중력은 우리 삶에서 가장 기본적인 자연법칙 중 하나입니다.

중력은 우리가 지구에 발을 딛고 살아가게 해 주는 힘이지만, 동시에 우리가 도전하고 극복해야 할 대상이기도 합니다.

굴지성(屈地性, Gravitropism)은 뿌리가 중력이 작용하는 방향으로 자라는 것을 의미합니다.

어린뿌리는 주근(主根)으로 성장하여 중력 방향으로 자라며 토양 깊숙이 있는 수분과 무기염을 흡수합니다.

나무의 잎에는 2개의 특수한 공변세포에 의해 만들어진 기공(氣孔)이라는 구멍이 있어 이산화탄소를 흡수하고 산소를 방출하고 수분을 잃어버리는 증산작용(蒸散作用)을 합니다. 증산작용에 의해 뿌리에서 흡수된 수분은 물관(도관 또는 가도관) 내의 응집력과 부착력을 이용하여 가지 끝의 잎으로 이동합니다.

모든 물은 중력에 순응하여 위에서 아래쪽 방향으로 이동하지만 나무는 살아 있는 시간 동안에는 중력을 거슬러 지하의 뿌리에서 지상의 잎으로 위쪽으로 물을 올리기 위해 안간힘을 쓰고 발버둥을 쳐서 결국에는 불가능을 가능하게 만듭니다.

우리는 살면서 자신이 할 수 없는 한계의 벽과 불가능해 보이는 목표를 마주하게 됩니다.

불가능은 자기 스스로가 만들어 낸 한계선입니다.

가끔 현실의 무게와 제약은 우리를 비상(飛上)하지 못하게 아래로 끌어내려 제자리에 멈춰 서 있게 만듭니다.

중력을 이겨 내기도 전에 현실을 원망하고 주저앉을 핑계를 나 스스로가 만들기도 합니다.

중력을 거스르기 위해서 필요한 가장 중요한 단 한 가지는 용기입니다. 오늘 당장 도전할 용기가 나지 않는다면 내일도 그 용기는 내 마음속을 지배하지 못합니다.

용기 있게 하늘로 비상(飛上)한 새들은 중력을 이겨 낸 대가로 자유를 얻습니다.

"불가능을 시도하지 않으면, 당신은 어떤 것도 얻을 수 없다."

- 제임스 캠벨

"불가능한 것을 꿈꾸라. 그리고 그 꿈을 실현하라."

- 월트 디즈니

우리는 살아 있으므로 큰 이유 없이 매일 바람에 흔들립니다.

나무는 제자리에서 고요하고자 하나, 바람은 그 가지를 흔들고, 비는 그 잎사귀를 적시며, 시간은 그 줄기를 굽힙니다. 높은 나무의 끝에는 줄기차게 바람이 덤벼듭니다.

낮은 곳에 자리를 잡은 키 작은 나무는 바람이 지나가듯 약하게 흘러가지만 높은 곳에 자리 잡은 키가 큰 나무는 강한 바람이 쉴 새 없이 불어 나무를 흔들고 괴롭힙니다.

나무는 자연의 모든 변화를 온몸으로 받아들이고 견뎌 냅니다.

바람에 흔들릴 것 같지 않은 아름드리 큰 나무도 다양한 도전은 피할 수 없습니다. 강한 바람이 불어와 그 가지와 잎을 부러뜨리기 위해 흔들 때, 나무는 가지와 잎을 유연하게 흔들면서 바람을 흘려보내거나 강하게 뿌리를 땅속 깊게 심고 강한 줄기와 가지로 그 바람을 온몸으로 버텨 냅니다. 비가 내려 잎사귀를 적시면, 그 비를 흡수해 축적하거나 큐티클층의 막을 이용해 땅으로 수분을 내려보내 성장의 바탕으로 삼습니다. 나무는 자연의 변화와 도전을 피할 수 없지만, 그것들을 받아들이고 순응하며 더욱 강하게 자라납니다.

우리의 삶도 별반 다르지 않습니다.

우리는 고요하고 평온한 삶을 원하지만, 세상은 거친 풍파(風波)를 만들고 끊임없이 변화하면서 우리에게 도전을 청해 옵니다. 우리에게 닥쳐온 그 변화에 즉각 반응하지 못하거나 회피(回避)가 불가능하다면 그것들을 받아들이고 성장의 기회로 삼아야 합니다. 고요함 속에서 균형을 찾고, 그 변화 속에서 강인함을 키워야 합니다.

나무는 시간이 지나감에 따라 눈에 보이지 않게 매일 조금씩 성장하며 움직이지 못한 채 그 자리에 변함없이 서 있으며, 그 자체로 세월의 흐름을 증언하고 역사와 전설을 만들어 냅니다. 나무의 삶, 그속에는 경이로운 이야기들이 숨어 있습니다. 나무는 고요함 속에서도 변화를 받아들이며, 그 속에서 계속해서 끊임없이 성장합니다.

우리는 나무처럼 세상의 변화를 두려워하지 않고, 그것을 받아들이며 자신을 성장시킬 수 있어야 합니다. 강한 바람이 우리를 부러뜨리려 흔들어도 평정심(平靜心)을 유지하면서도 자기만의 길을 만드는 내공(內功)을 키워야 합니다.

나무는 고요하게 그 자리에 서 있고자 바람이 불어오는 방향을 미리 감지하고 깊게 뿌리를 내려 그 힘을 다하고 넓은 가지는 팔을 벌려 바람을 흘려보냅니다.

18. 흙으로부터 생명은 시작되고

지구상의 모든 생명은 흙으로부터 시작됩니다.

흙은 그 자체로 수많은 생명을 잉태한 생명 창조의 원천이며, 우리가 발을 딛고 있는 가장 기본적인 존재입니다.

흙은 단순히 땅의 역할을 넘어, 대지를 이루는 바탕이며 다양한 생명체에게 생명과 영양을 제공합니다.

작은 미생물부터 흙 가까이에서 자라는 풀과 거대한 나무까지, 흙은 모두의 거주지이며 먹이를 제공하는 공급원이 됩니다. 이런 흙 속에서 새로운 생명이 시작되고 자라나면서, 서로의 존재를 통해 더욱 풍요로워집니다.

봄이 오면, 흙 속에서 싹이 트고, 꽃을 피우며, 모든 생명은 다시금 새로운 시작을 맞이합니다. 이러한 주기는 끊임없이 반복되며, 생명의 순환은 흙을 중심으로 이루어집니다.

흙 속에서 자라는 식물은 동물들에게 먹이가 되고, 그 동물들은 다시 흙으로 돌아가 또 다른 생명을 키웁니다.

매일 만나는 숲속에는 맨발 걷기를 위해 바닥이 황토로 조성(造成)된 '어싱길(Earthing Road)'이 있습니다.

자연에 조성된 황토 땅을 밟으며 하는 걷기 운동인 맨발 걷기는 대지와의 접지(Earthing)를 통해 지구의 에너지를 느끼고 자연의 맑은 공기를 만나고 호흡하면서 체내의 정전기와 활성산소를 배출시키고 음이온성 자유전자를 흡수시켜 인체 대사를 돕는 자연 치유법으로, 많은 분이 매일 이 길을 걸으며 지구의 표면을 직접 몸으로 느끼고 숲의 또 다른 매력을 느낄 수 있습니다.

이곳을 걷고 있으면 발밑에서 느껴지는 부드러운 흙은 옛 친구를 만나는 듯 따뜻하고, 각기 다른 화장을 한 채 반겨 주는 나무들은 눈을 정화시켜 주며, 작은 새들의 지저귐은 음률을 만들어 숲 전체에 리듬감을 제공하고, 가지 사이로 비치는 햇살은 나뭇잎을 통해 부드러운 그림자를 만들어 내가 자연인지, 자연이 나인지 모를 물아일체(物我一體)에 다다릅니다. 그럼 어느새 마음속 깊은 곳에서부터 진정한 평화가 느껴져서 삼신산(봉래산·방장산·영주산)에서 도를 닦는 신선(神仙)이 따로 없습니다.

우리는 언제부터인가 공기, 물, 그리고 흙의 소중함을 잊고 오염시키고 외면합니다.

2011년 전국적으로 구제역이 창궐했을 때 가축 350만 마리를 흙속에 직접 매몰했습니다. 쓰레기 매립지나 폐기물 처리장에서 발생하는 침출수는 흙과 지하수를 오염시키고, 농업 활동에 따른 농약, 비료의 과다 사용은 토양에 잔류하면서 오염을 일으키고, 산업화로 인해 납, 수은, 카드뮴, 벤젠, 톨루엔, 유기용매 등과 같은 중금속들이 흙속으로 흡수되어 흙을 오염시킵니다. 오염된 토양에서 생산된 농작물은 직접적으로 우리 몸속으로 흡수되어 차곡차곡 쌓여 건강을 해치는 강력한 '위험인자'로 작용합니다.

오염된 흙은 직접 세척하거나 높은 온도로 가열해 오염물질을 휘발하는 방법, 미생물과 곰팡이를 이용해 오염물질을 제거하는 방법이 있습니다. 이때에도 중요한 한자리를 차지하는 것이 해바라기, 참나리, 인디고플랜트[콩과(科)의 열대산(産) 관목], 포플러, 버드나무, 오리나무 등 나무를 포함한 식물에 의한 환경 정화 방법(Phytoremediation)으로 이는 저비용의 친환경적인 방법입니다.

이는 식물의 뿌리를 이용하여 오염 물질을 추출, 분해, 흡수, 안정화시키는 방법입니다.

나무는 인간들이 생각하고 인식하는 것보다 더 많은 역할을 해내지만 자기 역할을 뽐내거나 우쭐거리지 않습니다.

흙에 뿌리를 내리고 영양을 흡수하고 이용하는 나무지만 단순히 흙을 이용하지 않고 흙의 상처를 치료하고 보듬어 주는 중요한 역할도 불만 없이 해냅니다.

숲속의 흙은 부드럽고 촉촉하며, 그 속에는 수많은 미생물과 작은 생명체가 숨 쉬고 있습니다. 이 생명체들은 흙을 통해 서로 연결되어 있고, 그들의 생명은 서로에게 의지하고 있습니다. 식물들은 뿌리를 통해 흙 속의 영양분을 흡수하고, 그 영양분은 식물의 성장과 꽃 피움으로 이어집니다.

흙은 우리가 매일 밟고 다니는 땅을 이루는 기본이며, 그 중요성은 우리가 생각하는 것 그 이상입니다.

흙은 단순한 물질이 아니라, 인간의 삶과 자연을 지탱하는 근본적인 요소입니다.

자연의 모든 물질은 인간과 직접적으로 연결되어 있으며 그 역할을 무시하거나 외면하면 반드시 복수합니다.

그러나 마음이 넉넉한 자연을 구성하는 모든 물질은 복수하기 전에 반드시 인간들에게 먼저 경고를 보냅니다.

그 경고를 무시하는 순간 인간은 감히 감당하지 못할 재앙이 시작됩니다. 그때는 후회해도 늦습니다.

11월에 개화한 구골나무꽃

　어떤 사물이든 알게 되면 그만의 독특한 매력이 눈에 잘 보이고 접근하기도 친해지기도 쉽습니다.

　어느 시인은 풀꽃을 보며 "오래 보아야 사랑스럽다."라고 표현했습니다. 아마도 풀꽃은 작고 귀여워 자세히 그리고 오랫동안 보아야 그 매력을 느낄 수 있는가 봅니다.

　어떤 이는 나무보다는 화초를 사랑하고, 또 어떤 이는 야생화나 풀꽃을 좋아하기도 합니다.

　나무는 수많은 종류가 세상에 존재하며, 각자 태어난 대로 맡은 바 역할을 충실히 해 나갑니다.

　키가 큰 나무, 키가 작은 나무, 봄에 꽃을 피우는 나무, 여름에 꽃을 피우는 나무, 흰 꽃을 피우는 나무, 분홍색 꽃을 피우는 나무, 열매가 붉은 나무, 열매가 검은 나무 등 수없이 많은 개성과 특성을 가진 나무들이 세상에는 존재합니다.

나무를 잘 알지 못하면 특별한 그 매력을 잘 알 수 없습니다.

반대로 그만의 매력을 알면 훨씬 더 사랑스럽습니다.

모과나무, 양버즘나무(플라타너스), 노각나무, 자작나무는 수피(나무의 껍질)를 감상하면 새롭게 느껴집니다.

특히, '모과나무'는 가을철 노란 열매와 그 열매에서 풍기는 향기, 그리고 회갈색과 연한 녹색이 섞인 수피가 마치 자연의 화가가 신중하게 그린 그림과도 같으며, 그 표면은 부드럽고 촉감이 좋습니다.

'자작나무'의 수피는 기름기가 많기 때문에 자작나무는 습기에 강하고 불에 잘 타는 유지수(油脂樹)입니다.

결혼식 때 양가 어머님들이 '화촉(樺燭)'을 밝히면서 결혼식은 시작됩니다. 그 시작은 옛날 결혼식 때 신방을 밝히는 촛불의 재료로 '자작나무' 껍질로 만든 초가 사용되었기 때문입니다.

또한 삼국시대에는 종이 대용으로 사용되었는데, 신라시대 천마총의 「천마도」의 채색판도 자작나무 껍질을 겹쳐서 만든 것이고, 『팔만대장경』의 일부도 자작나무로 제작되었습니다.

자작나무의 수피는 눈부신 하얀 색으로, 자연 속에서 단연 돋보입니다. 마치 겨울의 눈처럼 순수하고 깨끗한 이 수피는, 자연의 순수함을 상징합니다.

구골나무, 수수꽃다리, 서양수수꽃다리, 천리향은 우리에게 좋은

향을 선물해 줍니다.

'구골나무'는 아름다운 꽃과 더불어 향기가 좋은 나무입니다.

특히, '구골나무'는 그 특유의 향기로 많은 사람에게 사랑받는 나무입니다.

가을이 되면 구골나무는 작은 흰색 또는 황색 꽃을 피우며, 그 꽃에서 풍겨 나오는 달콤하고 강렬한 향기는 사람들의 마음을 사로잡습니다.

구골나무의 향기는 마치 자연이 주는 황홀경과도 같습니다. 작은 꽃에서 퍼져 나오는 달콤한 향기는 가을바람을 타고 멀리까지 퍼지며, 우리의 감각을 자극합니다. 이 향기는 단순히 후각만을 즐겁게 하는 것이 아니라, 마음 깊숙이 다가와 우리를 위로하고 기쁨을 선사합니다.

낙상홍, 참빗살나무, 좀작살나무, 마가목은 꽃도 아름답지만 꽃이 진 후 맺은 열매를 감상하면 좀 더 색다른 매력을 느낄 수 있습니다. 특히, '낙상홍' 열매는 그 아름다운 붉은색으로 인해 마치 보석과도 같습니다. 이 열매들은 가을 햇살을 받아 반짝이며, 나뭇가지마다 풍성하게 열립니다. 이 열매들은 새들과 동물들에게 소중한 식량이 되어, 자연의 생태계에서 중요한 역할을 하며, 생명의 연속성을 상징하는 존재입니다.

모든 꽃은 아름답고 개성도 강합니다. 피는 계절과 우리 곁에 머무는 시간은 다 다르지만 볼 때마다 모든 꽃이 새롭습니다. 특히, 동백나무, 박태기나무, 명자꽃, 배롱나무, 명자꽃, 비파나무, 능소화, 석류

나무, 치자나무 꽃은 더욱더 화려함을 자랑합니다.

'명자(나무)꽃'은 봄이 되면 그 특유의 붉은색 또는 주황색 꽃을 피우며, 다가오는 계절의 변화를 알립니다. '명자꽃'의 꽃은 그 화려한 색감으로 인해 마치 봄의 전령사처럼 느껴지며, 긴 겨울 동안 기다려 온 따뜻한 계절을 맞이하게 합니다.

그 화려한 색감은 마치 화가가 붓으로 그린 그림처럼 아름답습니다. 이러한 '명자꽃'은 우리에게 새로운 시작과 희망을 상징합니다.

가을이 익어 가면 기온이 내려가면서 단풍나무, 복자기, 화살나무는 붉은색으로, 은행나무, 계수나무, 일본잎갈나무(낙엽송)는 노란색으로 '느티나무'는 갈색으로 옷을 갈아입으며 변화는 단순히 사라짐이 아니라 오히려 새로운 형태의 아름다움을 창조하는 과정을 우리에게 보여 줍니다.

특히 '오색 단풍'은 연초록, 초록, 주황색, 붉은색, 검붉은색으로 제 몸을 바꾼 채 바람에 나부끼며 마치 색동저고리를 입고 춤을 추는 듯한 모습을 보여 줍니다.

나무들은 단순히 땅에 뿌리를 박고 있는 생명체가 아니라, 각각의 고유한 특성과 이야기를 품고 있는 자연의 조각들입니다. 현대인들은 자연의 변화와 나무의 개성을 볼 정신 없을 정도로 바쁜 하루를 보내며 한가로이 자연을 마주할 시간이 없습니다. 아름다운 작품을 꼭 갤러리나 전시장을 방문해야 만날 수 있는 것은 아닙니다.

나무는 시간과 계절별로 제 모습을 바꾸며 수줍게 제 모습을 보여 주기도 하고 화려한 변신을 하는 살아 있는 예술 작품입니다. 그러나 우리는 이 훌륭한 작품을 무시하거나 외면합니다. 병에 걸리거나 해충의 침입을 받으면 그저 베어 버리면 그만이라는 생각뿐입니다. 나무는 생명을 지닌 우리의 이웃이자 친구지만 우리는 나무에 대해 너무 무관심하고 심지어는 죽음으로 내몰기도 합니다.

인간은 나무의 가장 가까운 친구지만 적(敵)이기도 합니다.

무뚝뚝해 보이는 나무에게 한발 먼저 다가서서 조심스레 말을 걸어 보면 첫사랑을 시작할 때처럼 수줍은 모습으로 먼저 자기소개를 시작합니다.

서로 마주 선 채 이름부터 서로 건넨 후 고향도 물어보고, 빛과 물에 대한 고민도 듣고, 세상살이에 대한 이야기도 하고, 아픈 증상에 대해서도 공유하고 걱정해 주면 나무는 그늘 아래로 나를 초대해 주고 시원한 공기도 선물해 줍니다. 그럼, 우리 둘은 오랜 친구처럼 다정해집니다.

사람 사이처럼 서로에 대해 알아 가면 알아 갈수록 보고 싶고, 자주 보면 정도 들고 사랑도 하게 됩니다.

사랑이 깊어지면 보듬고 아껴 주고 싶습니다.

말 많은 사람과 말 없는 나무의 관계도 별다른 것이 없습니다.

3부

봄꽃들아,
조금 늦어도 문제없어

01. 10년을 살려거든 나무를 심으며

"1년을 살려거든 곡식을 심고 10년을 살려거든 나무를 심으며 100년을 살려거든 덕을 베풀어라."

- 사마천

10년은 3,650일이며, 87,600시간입니다.

누군가에게는 짧다면 짧고 길다면 긴 시간이며 인생의 한 장면을 새롭게 시작하기에는 충분하지만, 세상 모든 변화를 경험하기에는 부족한 시간입니다.

10년이라는 시간 동안 나무 한 그루를 심고 가꾸는 일은 단순히 흙에 씨앗을 묻는 행위를 넘어, 새로운 목표를 설정하고 성장하는 과정입니다.

처음 작은 씨앗 속에 담긴 무한한 가능성을 믿고, 정성껏 흙에 양분과 물을 주며 기다리는 시간은 미래의 나만의 세상을 만드는 과정입니다.

처음 땅에 떨어진 씨앗은 싹을 틔우기 위해 안간힘을 다해 땅을 밀어 내고 세상으로 나옵니다. 흙 속의 영양분을 제 온몸으로 받아들이며 씨앗은 점점 부풀어 오르고, 결국 단단한 껍질을 벗고 작은 새싹이 모습을 드러냈습니다.

그 새싹은 처음에는 연약하고 미약해 보였지만, 하루하루 흙 속의 뿌리를 더욱 깊게 내리고, 위로 향한 줄기는 조금씩 더 단단해졌습니다. 비가 오는 날이면 신선한 물방울이 그 작은 잎을 타고 흘러내렸고, 햇빛이 쏟아지는 날이면 따스한 빛을 받아들이며 광합성을 통해 더욱 성장했습니다.

시간이 흘러, 이제 막 1년이 된 이 나무는 작은 새싹을 넘어섰습니다. 어느새 줄기는 조금 더 두꺼워지고 잎은 더욱 푸르게 자라났습니다. 작은 바람에도 흔들리던 새싹은 이제는 조금 더 강해져서 바람에 맞서 흔들리며 유연하게 대응할 수 있게 되었습니다.

이제 5년이라는 세월을 보낸 나무는 몸집을 키웠습니다.

그동안 수많은 비바람과 햇빛을 견뎌 내면서 줄기는 두꺼워지고 뿌리는 땅속 깊이 내렸습니다. 봄이 되면 새로운 잎을 내고, 여름에는 짙은 초록빛 잎을 자랑하며, 가을에는 모든 잎이 꽃처럼 변해 갔으며, 겨울을 견디는 방법을 배웠습니다.

매년 계절의 변화를 겪으면서, 이 나무는 나이테를 하나씩 더해 갔습니다. 이 나무의 나이테는 어느덧 5개가 되었습니다. 그 나이테는 땅속 깊이 뿌리를 내리고, 하늘을 향해 가지를 뻗어 가며 더 넓은 세상을 품기 위해 노력하는 나무의 삶을 보여 줍니다.

어느새 10년이라는 시간이 흘러, 작은 새싹은 이제 성숙한 나무가 되었습니다. 이 나무는 수많은 계절의 변화를 겪으며 나이테를 쌓아 왔습니다.

10년이란 시간 동안 이 나무는 많은 생명체와 함께 자랐습니다. 뿌리는 땅속 깊이 자리 잡아 영양분을 섭취하고, 나무줄기는 단단해져서 바람에도 굳건히 서 있습니다. 나무의 가지는 하늘을 향해 뻗어 나가며 수많은 잎을 달고, 그 잎들 사이로 햇빛이 스며들어 나무에게 생명의 힘을 전달합니다.

이제는 숲속 한자리를 차지하고 10년의 경험을 기억하며 큰 나무로 성장하기 위해 주변 나무들과 교류하며 숲의 구성원이 되어 함께 성장해 나갑니다.

나무는 시간의 흐름에 따라 조금씩 가짓수를 늘려 가며 몸집을 키우고 변하는 환경에 적응하며 성장합니다.

나무는 빠르지 않은 자신의 성장을 서두르거나 원망하지 않습니다. 때로는 몇 년 동안 겉으로 보기에는 아무런 변화가 없는 것처럼 보이기도 하고, 움(싹)이 트지 않거나, 잎이 시들거나, 병과 해충의 공격을 받기도 합니다.

움직이지 못하는 몸은 답답하고 지루하지만 이 모든 시련을 이겨낸 후에야 나무는 꽃을 피우고 열매를 얻습니다.

나무의 성장은 마치 인생의 어려움을 극복하고 성장해 나가는 과정과 참 많이도 닮아 있습니다.

살면서 어떠한 목표를 설정하고 이루어 나가기 위해서는 목표를 1년, 10년, 30년 단위로 설정하는 것이 효율적입니다.

크게 보이는 성벽도 돌멩이들이 쌓여 우뚝 서고, 작은 물줄기들이 모여 큰 강을 이루어 바다로 나아갑니다.

큰 성공은 짧은 시간 내에 이루기 어렵고, 시간을 차곡차곡 쌓은 작은 성공들이 모여 결국에는 큰 성공을 이뤄 냅니다.

그러기 위해서는 시간에 맞는 목표를 설정하고 하나씩 이루어 나가야 합니다.

나무도 땅에 씨앗의 뿌리를 내리고 하늘 방향으로 성장하기 위해 제 온 힘을 다 쏟아 냅니다.

계속되는 역경을 꿋꿋하게 이겨 내고, 변화하는 환경에 적응하며, 끊임없이 성장하려는 의지를 불사르며 흐르는 시간을 견디고 인내합니다.

'10년 후, 나는 어떤 모습의 나무가 되어 서 있을까?'

상상해 봅니다. 목표를 이루는 동안 느꼈던 감정과 경험들은 나의 삶을 풍요롭게 만들었을 것이고, 새로운 변화 그리고 인연(因緣)들을 통해 삶을 바라보는 지혜의 눈도 밝아져 지금보다 뿌리는 더 깊은 곳을 향해 나아가고, 줄기와 가지는 하늘을 향해 힘차게 뻗고, 잎을 무성함을 더한 채 바람에도 유연하게 흔들리는 숲속의 큰 나무가 되어 있을 겁니다.

목표를 이룬 10년 후, 나는 다시 한번 새로운 나무를 심을 생각입니다. 그리고 그 나무를 통해 또 다른 10년의 이야기를 다시 시작하고 나만의 역사를 만들며 다른 나무들과 공존하며 살아가려 합니다.

저 숲속에 말없이 서 있는 커다란 나무들처럼….

02. 원영적 사고(員瑛的 思考)

원영적 사고(員瑛的 思考)는 단순 긍정적인 사고를 넘어 '초긍정적 사고'를 의미합니다.

제가 이 철학적 용어를 처음 접했을 때는 세계적으로 유명한 심리 학자나 사회학자가 사회를 이끄는 대단히 거창하고 근엄한 이론인 줄 알았습니다.

아, 그런데 반전.

2004년생, 이제 방년(芳年) 스무 살의 걸 그룹 멤버의 행동과 언어 에서 시작된 '초긍정적인 사고'를 의미하다니….

세계적이라는 K-POP에 대해 잘 모르는 저 같은 기성세대에게는 영 생소하고 어색한 '원영적 사고'란 단어가 불편하기보다는 새롭고 신기해 강하게 호기심을 자극합니다.

비교적 어린 낭자가 이런 밝은 사고를 창조한 것은 선천적으로 타 고난 천성이 초긍정적일 수도 있고, 아니면 어린 시절부터 꿈을 이루 기 위해 끊임없이 연습하고 경쟁하는 시간을 보내며 자신을 이겨 내 고 증명하기 위해 어려움, 불안함, 포기란 단어에 맞서 '다 잘될 거야, 잘할 수 있어.'를 반복하는 과정에서 자연스럽게 뇌의 신경세포에 겹 겹이 채워지고 스며들어 완성되지 않았을까 조심스레 추측해 봅니다.

아마도 이 젊은 남자는 '초긍정적인 사고'를 바탕으로 하루하루 최선을 다해서 자신의 길을 찾고, 자신을 이겨 내 마침내 원하는 목표점에 도착했을 겁니다.

'원영적 사고'란 말이 그녀의 타고난 성격이나 가치관에 의해 만들어진 용어든 주변에서 의미를 부여해 준 용어든 그런 것이 중요한 것 같지는 않습니다. 이 사고에 단 한 사람이라도 영향을 받아 긍정적인 마음과 희망적인 에너지가 생겼다면 그걸로 충분한 것 아닐까요?

삶을 살다 보면 누구나 불행과 시련을 겪게 됩니다.

누구는 좌절하고 원망하지만 또 다른 누군가는 이겨 내고 더 강하고 지혜로운 사람이 되기도 합니다.

이런 결과의 차이가 나타나는 원인 중 하나는 불행과 시련을 바라보는 마음가짐입니다. '긍정적 사고'는 문제 해결에서 낙관적인 태도만을 의미하는 것이 아니라, 어려운 상황에서도 희망과 가능성을 찾는 능력을 말합니다.

견디기 힘든 상황에서도 열린 맘으로 '사고의 틀'을 조금만 바꿀 수 있다면 우리는 불행과 시련 속에서도 배움과 성장의 기회를 발견할 수 있습니다.

순백색의 때죽나무 꽃을 닮은 '초긍정적 사고'의 주인공인 장원영 가수님이 무대 위에서는 언제나 많은 사람에게 큰 감동과 기쁨을 주고, 세월과 계절의 변화를 겪으며 나이테를 쌓아 가는 나무처럼 시간과 경험을 통해 더 깊고 넓게 성숙해져 사회에 선한 영향력을 선물하는 밝고 큰 나무로 성장하시길 기원합니다.

저에게 요즘 새로운 루틴(Routine)이 생겼습니다. 아침에 윤항기 가수님의 「나는 행복합니다」를 크게 틀고 "오늘 하루도 화이팅, 럭키 수호(Lucky Suho)!"를 세 번 크게 외칩니다.

그럼 말초신경까지 에너지로 꽉 차오르면서 몸이 꿈틀거리고 기분이 좋아지며 활력이 솟아납니다.

오늘 하루도 '살아 있는 나에게 일어나는 모든 일은 결국 나에게 좋은 일이며 신이 주는 선물'입니다.

"가장 어두운 순간에도 별빛은 빛난다."

- 랄프 왈드 에머슨(Ralph Waldo Emerson)

"삶을 바라보는 시각이 긍정적이면, 모든 것이 축복으로 변한다."

- 오프라 게일 윈프리(Oprah Gaile Winfrey)

03. 대나무(竹) 마디,
성장의 흔적을 말한다

　대나무는 외떡잎식물 벼목 화본과(볏과, Poaceae) 대나무 아과 (Bambusoideae)에 속하는 여러해살이 식물로 1년 동안 20m까지도 자라는데, 생장은 그것으로 완료되며 이후 2~3년에 걸쳐 더 견고해집니다.

　조선시대 대나무는 그 곧고 단단한 모습으로 지조 있는 선비를 상징했으며, 대쪽 같은 기질은 외압과 유혹에도 흔들리지 않는 강인한 절개(節槪)와 정절(貞節)을 의미했습니다.

그중에서도 대나무의 마디는 특별한 의미를 담고 있습니다.

각 마디는 대나무가 성장해 온 흔적이며, 시간이 지나면서 쌓인 경험과 성장을 의미합니다.

대나무의 마디는 성장을 위한 단단한 구조를 형성하며 대나무를 매우 빠르게 성장시키고, 그 속에서 자신의 강인함을 키워 가며 성장하며 마디마디 사이는 대나무가 성장하는 과정에서 겪은 시간의 흐름이며, 각 마디는 대나무가 한 단계 한 단계 성장해 나가는 과정에서의 이정표입니다. 그리고 한 단계씩 나아갈 때마다 제 몸에 새겨 넣은 성장통의 흔적입니다.

이는 마치 우리의 인생에서 겪는 다양한 경험과 시련을 상징합니다. 우리가 삶을 살아가면서 만나는 도전과 어려움은 우리를 성장시키는 중요한 요소입니다.

마디를 하나하나 쌓아 가는 키가 큰 대나무처럼, 우리는 삶의 경험을 통해 자신을 단단하게 다지고 변화하며 조금씩 성장해 나갑니다.

대나무 마디는 인내와 끈기의 상징입니다.

대나무는 겉보기에는 매우 빠르게 자라지만, 그 안에는 많은 시간과 노력이 그리고 치열함이 숨어 있습니다.

대나무가 처음 땅에서 싹을 틔우면, 그것은 오랜 시간 동안 눈에 띄지 않게 성장합니다. 땅속에서 뿌리가 깊이 뻗어 가며 튼튼한 기반을 다지고 우리 눈으로는 보이지 않는 힘을 기르고 있습니다. 그 시간이 지나면 한 마디씩 마디를 만들어 빠르게 성장합니다. 마디를 형성하는 동안 대나무는 많은 자원을 소비하고, 자신을 단단히 세우기 위해 에너지를 집중합니다. 이러한 마디가 없었다면 대나무는 성장하기도 전에 약한 바람에도 쉽게 부러지거나 휘어질 수 있었을 것입니다.

우리의 삶에서도 빠르게 성장하기 위해서는 어떠한 바람에도 견딜 수 있게 충분히 준비하는 인내와 끈기가 중요합니다.

시간이 걸리더라도 성장을 위해 노력하며, 흔들리지 않고 자신만의 길을 걸어갈 수 있도록 마음속에 일정한 간격으로 마디를 만들어야 합니다.

대나무 마디를 바라보면 지나온 시간 그리고 성장과 변화를 돌아볼 수 있습니다. 하늘을 향해 유연하게 흔들리는 키가 큰 대나무도 처음 땅을 딛고 만든 첫 마디를 통해 처음으로 세상과 만나고 한 마디씩 쌓아 가며 성장할 수 있었습니다. 마디가 늘어날수록 성장했지만 후회와 미련도 그곳에 남아 있습니다.

각 마디는 우리가 걸어온 길을 되돌아보게 하며, 앞으로 나아갈 방향과 힘을 줍니다. 대나무의 마디처럼 우리의 인생도 세월이 지날수록 성장해 가는 긴 여정입니다.

우리는 그 속에서 다양한 경험을 쌓기도 하고, 전환점을 맞이하기도 하며 한 마디씩 마디를 형성하며 성장해 나갑니다.

마디는 삶이 지나온 흔적입니다.

대나무는 순식간에 자라지 않고, 각각의 마디를 통해 천천히, 그러나 과정을 통해 꾸준히 성장해 나아갑니다.

야구에서 홈런을 친 선수도 1루, 2루, 3루를 모두 밟고 지나야 비로소 홈으로 들어올 수 있습니다. 홈런을 쳤다고 흥분한 상태로 처음부터 2루로 달려갈 수는 없으며, 마라톤 선수도 42.195㎞를 완주해야만 결승점에 도달할 수 있습니다.

우리는 각자 인생의 마디를 가지고 있으며, 마디를 성장시키는 속도와 능력은 제각기 다르지만 한 마디씩 한 마디씩 성장시켜 마디를 완성하기 위해서는 누구든지 일정한 시간과 과정 그리고 경험이 꼭 필요합니다.

대나무의 마디는 완성을 위한 과정 하나하나를 의미합니다.

대나무는 유연하게 흔들리고 강인하게 버티며 결국에는 비바람을 다 이겨 내고 성장합니다. 대나무의 고유 특성인 유연함과 강인함의 원천은 바로 마디입니다.

마디는 대나무에 강한 지지력과 인장력을 제공하고, 유연성을 부여해 외부 충격에도 견딜 수 있도록 합니다. 우리의 삶에도 강한 마디가 필요합니다. 삶은 고난과 역경이 연속적으로 연결되어 매 순간마다 지치고 힘들게 하여 앞으로 나가지 못하게 우리를 가로막습니다. 이때 자신의 자리를 지키고 부러지지 않으려면 강한 정신력과 유연한 사고가 동시에 필요합니다. 부러지지 않으려면 강함만으로는 부족합니다.

온몸의 힘을 빼고 부드럽게 대처하는 유연함은 필수입니다.

대나무의 마디마디는 시간의 흐름과 성장의 흔적을 남기며, 그 마디마다 대나무가 겪었던 시간과 경험이 고스란히 담겨 있습니다. 대나무는 곧게 자라지만 바람이 불면 휘어진 후 곧바로 제자리를 찾아 다시 꼿꼿하게 서는 마술 같은 '회복탄력성(Resilience)'을 가지고 있습니다.

인생은 늘 평탄한 꽃길만 있는 것은 아니며 예상치 못한 어려움과 시련이 닥쳐올 때도 있습니다. 마치 대나무가 바람에 휘둘리듯, 우리도 흔들리고 넘어질 수 있지만 중요한 것은 다시 '회복'하는 탄력성입니다. 대나무의 마디처럼, 우리 마음속 중심에도 어려움과 시련을 겪은 후 다시 돌아올 수 있는 '회복탄력성'을 만들어 놓아야 합니다.

'회복탄력성'은 어려움을 극복하고 다시 일어설 수 있는 힘을 의미합니다. '회복탄력성'은 단순히 어려움을 이겨 내는 것만을 의미하지 않습니다. 시련을 통해 더 나은 자신으로 거듭나는 과정을 포함합니다.

MBTI(Myers-Briggs Type Indicator)는 마이어스(Myers)와 브릭스(Briggs)가 정신과 의사이자 심리학자인 카를 구스타프 융(Carl Gustav Jung)의 심리 유형론을 토대로 만들었으며 개인이 쉽게 문항을 인식하고 판단하면서 각자 선호하는 경향을 찾는 자기 보고식 성격 유형 검사입니다.

MBTI는
내향(Introversion)/외향(Extroversion),
직관(iNtuition)/감각(Sensing),
감정(Feeling)/사고(Thinking),
인식(Perceiving)/판단(Judging)의 네 가지 척도로 반대인 성격을 두 개의 극(極)으로 나누어 평가합니다.

숲속을 거닐며 다양한 나무를 매일 마주하다 보니 나무도 사람의 성격 유형 분류인 MBTI와 연관성이 있다는 흥미로운 사실을 깨닫게 되었습니다. 나무는 그 종류에 따라 다양한 형태와 성질을 가지고 있으며, 사람도 각각의 성격 유형에 따라 독특한 특징을 지니고 있다는 공통점을 발견했습니다.

건조하고 척박한 땅에 굳건히 서 있는 '소나무'는 마치 강한 의지력을 가진 ISTJ 유형처럼 느껴졌습니다. '소나무'는 두툼한 수피로 자신의 온몸을 감싸안아 매서운 바람과 눈보라 속에서도 흔들리지 않으며, 잎들은 사철 푸르름을 더한 채 강한 의지로 자신의 위치를 지키는 모습을 보여 줍니다. 이는 ISTJ 유형이 규칙과 원칙을 중시하며, 강한 인내심과 책임감을 가지고 자신에게 주어진 역할을 충실히 수행하는 것과 너무도 닮아 있습니다.

반면, 유연하게 자라는 '버드나무'는 ENFP 유형을 떠올리게 합니다. '버드나무'는 바람에 따라 부드럽게 흔들리며, 물가에 자리를 잡고 새로운 환경에서도 잘 적응합니다. 이는 ENFP 유형의 창의적이고 유연하며, 다양한 사람들과 상황에 잘 어울리는 성격과 비슷합니다. '버드나무'처럼 ENFP 유형은 삶의 다양한 경험을 통해 성장하고 발전합니다.

또한, 오랜 시간 동안 견디며 높이 자라는 '참나무'는 INFJ 유형을 연상시킵니다. 참나무는 깊은 뿌리를 통해 안정성을 유지하며, 넓은 잎으로 그늘을 만들어 산행에 지친 사람들에게 휴식할 공간을 만들어 주며 시간이 지나면서 더 강해지고 아름다워집니다. 이는 INFJ 유형의 깊이 있는 사고와 직관을 바탕으로 삶의 의미를 찾고, 타인에게 도움을 주며 성장하는 것과 닮아 있습니다.

따사로운 봄날, 광수용체를 이용해 적절한 때에 화사하게 피어나 사람들에게 환희와 감동을 선사하는 '벚나무'는 ENFP 유형과 닮았습니다.
'벚나무'는 ENFP 유형처럼 활발하고 생기 넘치는 모습으로 우리에게 다가옵니다. 그 화려한 꽃잎들은 마치 ENFP가 주위 사람들에게 긍정적인 에너지를 전달하는 것과 비슷합니다.

　ENFP 유형은 창의적이고 열정적이며, 새로운 아이디어를 제시하는 것을 좋아합니다. 마찬가지로 '벚나무'는 매년 새로운 꽃을 피우며, 사람들에게 새로운 시작과 희망을 전해 줍니다. 또한, '벚나무'는 그 짧은 개화 기간 동안 많은 사람에게 사랑받고 기억됩니다. 이는 ENFP 유형이 사람들과의 관계에서 순간을 중요시하고, 깊은 인상을 남기고자 하는 것과 닮아 있습니다. ENFP는 사람들과의 교류에서 많은 에너지를 얻고, 그 만남을 통해 자신도 성장합니다.

　나무는 가만히 제자리에서 단순하게 사계절을 보내는 단순한 생물이 아닙니다. 인간들은 이해하기 어렵고도 복잡한 자신만의 개성과 생명력을 지니고 있는 복잡한 소우주 같은 존재입니다. 나무는 사람보다도 더 오랫동안 지구를 지켜 온 자연의 일부이며 나무의 MBTI는 다양성과 개성 그리고 아름다움을 보여 줍니다. 그러나 자기만을 위해 개성을 강요하거나 강조하지 않습니다. 나무는 숲을 위해 자기만의 개성을 살짝 숨긴 채 평화로운 조화(造化)를 우선시합니다.

05. 힙합의 Pioneer, DJ 쿨 허크

'힙합(Hip Hop)'은 진솔함, 사회적 평등, 자기표현의 자유, 연대와 공동체 정신을 바탕으로 단순히 음악의 장르를 넘어서, 사회적 현상과 문화적 혁명을 의미합니다.

'힙합'은 1970년대 뉴욕 남부 브롱크스 빈민가에서 처음으로 태동하였습니다. 그 당시 빈민가에서 자란 흑인 젊은이들은 자연스럽게 음악, 춤, 그라피티, 그리고 패션을 통해 자신을 표현하기 시작했습니다. 힙합은 그들의 목소리였고, 희망과 꿈을 찾기 위한 경험과 정체성을 반영한 문화였습니다.

힙합의 시작점에는 'DJ 쿨 허크'라는 17세의 한 청년이 있었습니다. 그는 단순히 음악을 틀어 주는 DJ가 아니라, 음악을 혁신하고 문화를 창조하는 아티스트였습니다. 'DJ 쿨 허크' 이전의 블록 파티(Block Party) DJ들은 하나의 턴테이블을 사용해 유행하는 디스코(Disco) 음악위주로 파티를 진행했습니다. 하나의 턴테이블을 사용하기 때문에 한 곡의 음악이 끝나면 다시 음악이 나올 때까지 멈춰 서 있어야 해서 분위기는 가라앉았고 어수선해졌습니다. 'DJ 쿨 허크'는 1973년 8월 11일, 자신의 여동생 신디(Sindy)의 생일 파티에서 첫 유료 공개 공연을 선보였습니다. 이 파티는 힙합 역사상 중요한 순간으로 기억되며, '쿨 허크'는 이 자리에서 자신의 독창적인 DJing 스타일을 선보였습니다. 그는 두 개의 턴테이블과 믹서를 사용하여 R&B, Soul, Funk 음악을 기반으로 브레이크 비트를 반복 재생하는 방식으로 음악의 연속성을 완성해 관객들을 매료시켰습니다. 이 새로운 음악적 시도는 힙합 음악의 탄생을 알리는 첫 신호탄이자 역사가 되었습니다. 'DJ 쿨 허크'의 음악은 단순한 비트 이상이었습니다.

그는 음악을 통해 사람들을 하나로 모으고, 그들에게 희망과 에너지를 주었습니다. 브롱크스의 젊은이들은 '쿨 허크'의 파티에서 춤을 추며 스트레스를 해소하고, 서로 소통하며 희망을 나누었습니다.

그의 음악은 그들에게 단순한 오락거리가 아닌, 삶의 일부가 되었습니다. '쿨 허크'의 영향력은 음악에만 국한되지 않았고 힙합 문화 전반에 걸쳐 큰 영향을 미쳤습니다. 힙합의 4대 요소인 DJing, MCing, Graffiti, 그리고 B-boying은 그를 통해 더욱 발전하였으며, The Sugarhill Gang, N.W.A., LL COOL J, JAY-Z, 2Pac, BIGGIE, Eminem 등 수많은 래퍼에게 영감과 영향을 주었습니다. '쿨 허크'는 자신만의 독창적인 스타일로 수많은 사람에게 영감과 희망을 주었고, 그의 음악은 전 세계로 퍼져 나가 세계적으로 사랑받는 거대한 문화로 자리 잡았습니다. 결과적으로 힙합이라는 세계적인 문화를 탄생시킨 시작은 한 젊은 청년의 창의성과 열정 그리고 새로운 것에 대한 도전이었습니다. '쿨 허크'는 단순히 음악을 만든 것이 아니라, 새로운 문화를 창조하였고, 그 문화는 지금도 많은 사람에게 큰 영향을 미치고 있습니다.

'뱅크시(Banksy)'는 익명의 거리 예술가로 자기 스스로를 예술 테러리스트라고 칭하는 그라피티 아티스트입니다.

그의 작품은 사회적, 정치적 메시지와 풍자를 통해 사람들에게 깊은 인상과 영감 그리고 희망을 줍니다.

　'뱅크시'는 1990년대 후반부터 영국을 중심으로 활동을 시작했으며, 그의 예술은 빠르게 전 세계적으로 주목받았습니다. '뱅크시'의 작품은 주로 스텐실 기법을 사용하여 제작되며, 벽, 거리, 건물 등 공공장소에 그려지며, 그의 작품은 일상적인 풍경을 변형시키고, 우리가 무심코 지나치는 공간에 새로운 의미를 부여합니다. '뱅크시'의 예술은 주로 사회적, 정치적 이슈를 주제로 대중들이 쉽게 접할 수 있는 장소에서 이루어집니다. 그는 빈곤, 전쟁, 환경 문제, 사회적 불평등, 소비주의 등 현대 사회의 다양한 문제에 대한 비판을 작품을 통해 표현합니다. 그의 작품은 다양한 주제와 메시지를 담고 있어 장소, 사회적 배경과 상황에 따라 다양한 해석이 가능합니다. '뱅크시'의 대표작 중 하나인 「풍선과 소녀」는 순수한 어린이의 희망과 순수함이 현대 사회의 복잡함과 대조되는 모습을 담고 있으며, 이 작품은 사회적 문제에 대한 경각심을 일깨우며, 우리의 가치관을 다시금 생각하게 만듭니다. 또한, 뱅크시의 작품은 유머와 풍자를 통해 우리의 사고를 자극합니다. 그의 작품은 때로는 진한 웃음을 자아내지만, 그 웃음 속에는 깊은 메시지가 숨겨져 있고 이러한 유머와 풍자는 우리의 일상에 숨어 있는 모순과 불합리함을 드러내며, 우리가 당연하게 여기는 것들에 대해 다시 생각하게 만듭니다.

　'뱅크시'의 예술은 익명성이라는 독특한 특징을 가지고 있습니다. 1974년생으로 고등학교를 졸업하지 못한 체포 경력 있는 영국 태생의 백인 남성으로 추측하지만 정확하게 그가 어떠한 배경과 환경 그리고 가치관을 가지고 있는지는 익명 뒤에 숨겨져 아무도 알 수 없습니다.

이는 그의 예술을 더욱 신비롭고 매력적으로 만듭니다. 그의 익명성은 예술 그 자체에 집중하게 만들며 작가의 학력과 개인적 배경으로 만들어지는 '후광효과'를 철저히 차단한 채 작품 그 자체의 메시지에 더 큰 집중을 하게 합니다. '뱅크시'의 작품 세계는 단순한 예술을 넘어서, 우리 사회에 대한 깊은 성찰과 비판을 담고 있습니다. 그의 예술은 우리가 당연하게 생각하는 것들에 대해 다시 한번 생각하게 만들며, 우리의 가치관과 사회적 책임에 대해 깊은 고민을 하게 만듭니다. '뱅크시'는 명예와 금전적 가치를 철저하게 배제한 은둔의 거리 예술가로 계속 진화하고 있으며, 앞으로도 그의 기발하고도 신선한 작품 세계가 모든 이에게 어떤 메시지를 전달하면서 지속될지, 길거리의 예술이 어떻게 사회적 변화를 모색하면서 영향을 주고 또한, 기성 미술계에는 어떤 반향을 일으킬지 기대되며 다음 작품이 태어날 곳과 주제 그리고 그의 은유적인 메시지가 기다려집니다.

　

　'안도 모모후쿠(Ando Momofuku)'는 닛신 식품회사의 설립자이자 회장이며, 최초로 인스턴트 라면을 만들어 낸 발명가로 끊임없는 도전과 혁신의 아이콘이자 현대 식생활을 개선한 혁명가이자 휴머니스트입니다.

　2차 세계대전 후, 식량 부족과 배고픔으로 고통받던 일본 국민들을 위해 간편하고 영양가 있는 한 끼의 식사를 제공하고 싶다는 '안도 모모후쿠'의 강렬한 열망과 인간에 대한 배려가 인스턴트 라면의 시작점입니다. 1958년, 마침내 그는 긴 연구 끝에 밀가루 반죽을 튀겨 건조하는 방식으로 오랫동안 보관이 가능하고 뜨거운 물만 부어 끓이면 바로 먹을 수 있는 인스턴트 라면인 '치킨 라면'을 개발하게 됩니다.

안도 모모후쿠는 여기서 만족하지 않고, 더욱 간편하게 라면을 즐길 수 있는 방법을 고민했습니다.

1971년, 그는 미국 출장 중 우연히 라면을 컵에 담아 먹는 사람들을 보고 영감을 얻어 세계 최초의 컵라면인 '컵누들'을 개발했습니다. 특히 바쁜 일상 속에서 빠르고 간편하게 식사를 해결할 수 있는 방법을 찾는 사람들에게 큰 사랑을 받았고, 인스턴트 라면과 컵누들은 현대인의 식(食)문화에 큰 변화를 가져왔으며, 지금도 많은 사람이 즐겨 찾는 식품 중 하나입니다. '안도 모모후쿠'는 단순히 라면을 발명한 사람이 아닙니다. 그는 불가능을 가능으로 만들고, 새로운 시장을 창조한 개척자이며, 끊임없이 변화하는 세상에 적응해 나간 진정한 혁신가입니다. 그는 경제적 이득만을 목적으로 하는 사업가를 넘어 전쟁 후 국민들의 굶주림을 해결하고자 끊임없이 도전한 진정한 휴머니스트이며 인간의 존엄과 가치를 중요시한 진정한 대기업가입니다.

'역사'는 창의성을 바탕으로 도전을 선택하고 수많은 실패와 좌절을 이겨 낸 후 새로운 세상을 개척한 이들에게 고개 숙여 경의(敬意)를 표합니다.

"Art should comfort the disturbed and disturb the comfortable(예술은 불안한 자들을 편안하게 하고, 편안한 자들을 불안하게 해야 한다)."

- 뱅크시(Banksy)

낡은 옷을 벗고 새 옷을 입다, 탈피(脫皮).

날개를 이용해 이주가 가능한 작은 몸집의 곤충은 놀라운 변화를 거듭하는 생물종으로 환경의 변화에 적응하면서 성장하는 모습은 언제나 신비롭게 다가옵니다.

특히 곤충의 성장 과정에서 빼놓을 수 없는 것이 바로 '탈피' 과정입니다. 탈피는 곤충이 딱딱한 외골격을 벗어 버리고 새로운 껍질을 만들어 몸집을 키우는 과정으로 마치 뱀이 허물을 벗듯이 곤충도 낡은 옷을 벗고 새 옷을 차려입고 조금씩 성장해 나갑니다. 곤충의 외골격은 곤충을 보호하고 지지하는 역할을 하지만, 동시에 성장을 제한하는 요소이기도 합니다. 곤충이 성장하기 위해서는 딱딱한 외골격을 벗어 버리고 새로운 외골격을 만들어 탈피를 준비합니다.

탈피를 하기 전, 곤충은 새로운 외골격을 미리 만들고 기존 외골격과의 사이에 공간을 만들고. 적절한 시기에 기존의 외골격을 벗어 버리고 새롭게 만들어진 외골격을 펼쳐 몸을 부풉니다. 마치, 풍선을 불 듯이 이 과정을 완성해 갑니다.

탈피는 생명을 위협받는 위험한 시간입니다.
탈피하는 동안 곤충은 외부의 공격에 매우 취약하며, 인간들은 이

기회를 놓치지 않고 탈피를 억제하는 다이플루벤주론(Diflubenzuron, 살충제)을 살포하며 공격을 멈추지 않습니다.

새로운 외골격이 완전히 굳기 전까지는 몸을 제대로 움직이지 못하므로 탈피를 위한 안전한 장소를 찾고, 적절한 시기를 선택해야 합니다.

곤충의 탈피는 단순한 성장 과정을 넘어 깊은 의미를 지니고 있습니다. 탈피는 곤충에게 새로운 시작을 의미하며, 변화와 성장의 가능성을 보여 줍니다.

낡은 껍질을 벗어 던지고 새로운 모습으로 거듭나 성장하는 것처럼 우리도 삶 속에서 끊임없이 변화하면서 성장해야 해야 합니다. 곤충의 탈피를 보면서 우리는 변화를 두려워하지 않고, 새로운 세상을 향해 도전을 멈추지 않고 나아갈 수 있는 용기를 얻는 지혜가 필요합니다.

탈피는 단순히 껍질만을 벗어 버리는 행위가 아니며 끊임없는 성장과 변화, 그리고 다음 단계로 나아가려는 의지를 담은 삶의 과정입니다.

작은 생물인 곤충도 시간의 흐름에 따라 끊임없이 변화하고 성장하려 노력합니다.

완전히 다른 모습으로 변신하다, 변태(變態).

탈피가 곤충의 성장 과정이라면, 변태는 곤충이 제 모습을 완전히 바꾸는 과정입니다. 지구상의 곤충은 완전변태와 불완전변태, 이 두

가지 방법으로 제 모습을 바꿔 냅니다.

완전변태를 하는 곤충은 알, 애벌레, 번데기, 성충의 네 단계를 거치며, 각 단계에서 몸의 형태와 기능이 완전히 달라지는데 나비류가 대표적입니다.

반면, 불완전변태를 하는 잠자리나 메뚜기는 알, 약충, 성충의 세 단계를 거치며, 약충은 성충과 비슷한 모습을 하고 있습니다. 변태는 단순한 성장을 넘어, 제 모습을 바꾼 채 새로운 세계로 나아감을 상징합니다.

인간이 어린 시절을 지나 성인이 되는 것처럼, 변태는 각 단계에서 다른 환경에 적합한 형태와 기능을 갖추어 생존율을 높이고, 환경에 완벽하게 적응하기 위한 그들만의 놀라운 전략입니다.

변태는 변화무쌍(變化無雙)한 자연의 순환과정으로 끊임없이 반복되는 탄생과 성장, 죽음의 과정은 물 흐르듯 자연스러운 질서를 느끼게 합니다.

곤충은 환경에 적응하며 살아남기 위해 끊임없는 변화를 추구하며 생존을 위해 마지막까지 최선을 다합니다.

변화가 두려워 스스로를 가두는 인간은 세상을 소문으로만 접하게 되며 도전하지 않은 나태함과 용기 부족으로 결국에는 새로운 세상을 만나 보지도 못한 채 죽음을 맞이하게 됩니다.

곤충은 작은 알에서 시작하여 탈피와 변태 과정을 통해 아름다운 성충으로 변화한 다음 자유로이 생존하며 다음 세대를 만들어 진화를 계속해 나갑니다.

곤충들은 끊임없이 변화하며 성장을 완성합니다.

이러한 변화의 과정에는 탈피, 변태, 그리고 성장을 완성하는 '우화'라는 마지막 단계가 있습니다.

우화, 고치 속 번데기에서 날갯짓을 시작하다.

우화는 번데기에서 성충으로 변하는 과정으로 번데기 안에서 곤충은 겉모습뿐만 아니라 내부 기관까지 모든 것이 완전히 변화합니다.

마치 고치 속에서 기다림 끝에 아름다운 나비가 탄생하는 것처럼, 우화는 곤충의 변신 과정 중 가장 드라마틱한 순간이며, 완성의 순간으로 우화하는 순간, 곤충은 번데기 껍질을 벗고 나와 그전과는 다른 완전히 새로운 삶을 시작합니다.

우화는 단순한 변화가 아닌, 생명의 기적과도 같습니다.

번데기 안에서 곤충은 완전히 새로운 형태의 몸을 만들어 내기 위해 쉼 없이 변화하며 스스로를 완성해 갑니다.

이 모든 변화는 정교하게 프로그래밍이 되어 있으며, 날개가 돋아나고, 더듬이는 길어지며, 소화기관과 신경계는 재구성되어 완전히 변화된 모습을 만들어 냅니다.

우화 과정은 진화의 정도에 따라 곤충마다 다른 시간이 적용되며, 몇 시간 혹은 몇 주가 걸리지만 자유를 얻기 위해 반드시 도전해야 하는 마지막 과정입니다.

갓 우화한 성충은 몸이 부드럽고 날개가 완전히 펼쳐지지 않은 상태이기 때문에 햇빛에 날개가 마른 후 비상(飛上)하기 전까지는 인간과 포식자의 공격에 취약합니다.

우화는 자유를 얻기 전 마지막으로 위험을 이겨 내야 하는 시기로 자연은 쉽게 자유를 허락해 주지 않습니다.

우화는 단순한 생물학적 현상을 넘어, 삶의 변화와 성장 그리고 새로운 세상으로의 비상을 의미하며 그 여정에는 변화에 대한 용기, 기다림, 희망이 필요합니다. 마치 어두운 고치 속에서 벗어나 새로운 세상으로 나아가는 나비처럼, 작은 곤충의 성장에 따른 변화 과정은 우리에게 많은 것을 말해 줍니다.

나비는 탈피를 거쳐 성장하고, 변태를 통해 변화하며, 우화를 통해 변화를 완성한 후 새로운 세상으로 힘차게 나갑니다.

호랑나비의 알은 깨어난 후 탈피를 통해 5령 애벌레가 되면 눈알무늬와 붉은 줄 그리고 하얀 발을 가진 녹색 애벌레로 모습을 바꾸고, 나뭇잎을 갉아 먹으며 배다리를 이용하여 이곳저곳을 돌아다니며 수시로 나무를 공격합니다.

이 모습이 아름답거나 멋지지는 않습니다. 곤충이 익숙하지 않은 분들에게는 오히려 혐오스러운 모습일 수도 있습니다. '저런 혐오스러운 모습에서 과연 멋진 어른 호랑나비가 될 수 있을까?' 하는 의심을 지울 수 없습니다.

그러나 위험을 이기고, 기나긴 인고(忍苦)의 시기를 지나 우화하게 되면 호랑나비는 검은색 줄무늬, 노란색의 바탕색이 조화를 이루는 아름다운 날개를 가지고 있는 나비의 여왕이 되어 숲속 이곳저곳을 자유롭게 날아다닙니다.

　출근길에 만나는 아이들의 얼굴에는 항상 웃음이 가득합니다. 그들에겐 무한한 가능성이 존재합니다.

　현재, 우리 아이가 다른 아이들보다 학습 능력과 예체능 능력이 부족하다고 아이를 탓하거나 무시가 지속되면 아이는 탈피, 변태, 우화 과정을 통해 제대로 성장할 수 없습니다.

　그 아이가 숲속 곤충의 여왕인 호랑나비일 수도 있습니다.

　꼬물꼬물 배다리로 나뭇잎을 기어다니는 우리의 못난이 애벌레가 번데기가 되고 고치솝을 벗어나 멋진 나비가 되어 비상(飛上)한 후 숲속을 품에 안을 수도 있습니다.

　저는 늦은 나이에 이 사실을 알게 되었습니다.

07. 루저(*Loser*)들에게

거스 히딩크(Guus Hiddink), 조제 무리뉴(José Mourinho), 알렉스 퍼거슨(Alex Ferguson)의 공통점은 축구사에 큰 발자취를 남긴 세계적인 명장들이지만 세계적인 축구 선수 출신은 아니라는 점입니다.

세상은 종종 우리에게 성공과 실패를 기준으로 사람을 분류하도록 강요합니다. 성공한 사람들은 찬사를 받고, 실패한 사람들은 '루저'라는 낙인이 찍히기도 합니다.

우리는 모두 인생에서 크고 작은 실패를 경험합니다.

실패는 우리의 삶에서 피할 수 없는 부분이며, 그것을 통해 우리는 성장하고 배우게 됩니다. 실패는 단순히 끝이 아니라, 새로운 시작을 위한 중요한 과정입니다. 실패를 경험한 사람들은 그 누구보다도 강한 내면을 가지고 있으며, 누구에게는 큰 영감을 주기도 합니다.

저는 '루저'라는 단어를 부정적으로만 생각하지 않습니다.

오히려 그것은 우리가 더 나은 사람이 되기 위한 과정에서 겪는 하나의 단계일 뿐입니다. 실패를 통해 우리는 자신의 한계를 깨닫고, 더 나은 방향으로 나아갈 수 있는 기회를 얻게 됩니다. 실패는 우리에게 인내와 용기를 가르쳐 주며, 그 과정을 통해 우리는 더욱 성숙하고 단단해집니다.

루저들에게 꼭 하고 싶은 말이 있습니다.

모든 실패의 원인이 다 당신 탓은 아닐 수도 있습니다.

자신을 계속 탓하면서 계속 깊은 수렁으로 빠지지 않기를…. 도전이 계속되는 동안 당신은 결코 실패자가 아닙니다.

당신들은 도전하고, 노력하는 과정에서 경험을 통해 많은 것을 배우고 느낀, 가능성을 확인한 사람들입니다.

실패는 단지 하나의 경험일 뿐이며, 그것이 당신의 가치를 최종적으로 결정짓는 것은 아닙니다.

중요한 것은 실패를 어떻게 받아들이고, 그것을 통해 어떻게 성장하느냐입니다.

우리 모두는 인생에서 크고 작은 실패를 경험하면서 뼈아픈 시간과 자기 성찰의 시간을 갖게 됩니다.

그 과정을 극복한 당신의 이야기는 누군가에게 큰 영감을 줄 수 있으며, 당신의 노력은 결코 헛되지 않을 것입니다.

숲속의 소나무들은 활엽수와의 성장 경쟁에서 밀려 척박한 땅으로 내몰립니다. 하지만 소나무는 척박한 땅에서도 내건성(耐乾性)을 키우고, 근균(菌根)들과 공생하며, 깊은 뿌리를 뻗어 훌륭한 나무로 성장합니다.

목표점에 도달하지 못했다면 원인은 반드시 존재하며, 그곳에서 다시 길을 찾고, 주저함 없이 처음부터 새롭게 출발해도 늦지 않습니다.

저의 젊은 시절을 회상해 봅니다. 작은 키에 그저 그런 외모, 학벌 콤플렉스와 불우한 환경을 탓하고 무엇을 해도 성공하지 못하는 머리를 원망하고 술에 빠져 하루하루를 보내며 젊은 시절을 흘려보냈습니다. 아쉽게도 젊은 시절은 빠르게 지나갔고 다시는 그 시간으로 돌아갈 수 없음이 너무나도 아쉽습니다. 그 시절, 세상을 넓게 바라보지 못하고 원망하며 자존감을 잃고, 주저앉아서 방황하던 젊은 시절이 제 인생에서 가장 무의미한 '루저(Loser)' 시절이었음을 시간이 지난 후에야 깨달았습니다.

실패했거나 목표점에 도착하지 못했어도 가슴을 펴고 크게 호흡한 다음, 다시 일어서서 달릴 준비가 되었다면 그 시간부터 당신은 진정한 위너(Winner)이며, 아직도 시간은 충분합니다. 아쉽게도 저는 그러지 못했습니다.

월나라의 왕 구천은 적국 오나라와의 전쟁에서 패배하여 큰 치욕을 겪었습니다. 오나라의 포로로 잡혀간 그는 온갖 굴욕을 참으며 살아남아야 했습니다. 자신의 치욕을 잊지 않기 위해 매일 밤마다 쓸개를 씹는 고통을 견디며 복수를 다짐하고 또 다짐했습니다.

그렇게 몇 년이 지난 후, 구천은 드디어 고국으로 돌아왔습니다. 그리고 그가 다짐했던 대로, 왕위에 복귀하자마자 오나라를 다시 공격하기 위해 모든 준비를 시작했습니다. 그는 '와신상담(臥薪嘗膽)'의 정신으로 끊임없이 노력해 마침내 오나라를 정복하고 복수에 성공해 루저(Loser)에서 위너(Winner)로 거듭 태어났습니다.

젊은 시절에는 단순히 눈에 보이는 성공만이 인생의 모든 가치라고 생각했습니다. 일방적으로 위너(Winner)는 영원한 승리자로 남고 루저(Loser)는 영원한 패배자로 남는다면 절대 역사는 존재할 수 없습니다. 시간이 지나고 보니 루저(Loser)도 위너(Winner)가 될 수 있고, 위너(Winner)도 어느 한순간에 루저(Loser)가 될 수 있음을 깨달았습니다.

그래서 한번 살아 볼 만한 세상인가 봅니다.

조금씩 깨닫는 것이 늘어 가는 걸 보니 나이 먹는 것도 그리 나쁘지만은 않습니다.

　우리는 많은 열매가 맺기를 기대하며 하루하루 최선을 다하며 살아가고 있습니다.

　성공, 성취, 행복과 같은 열매들은 우리가 희망하는 것들이며, 이를 이루기 위해 우리는 끊임없이 노력하고 도전합니다.

　그러나 열매를 맺기 위해서는 그에 상응하는 준비와 인내의 시간이 필요합니다.

　열매를 맺기 위해서는 맨 먼저 흙을 고르고 씨앗을 심어야 합니다. 모든 열매는 씨앗에서 시작됩니다. 이 씨앗은 우리의 꿈, 목표, 혹은 작은 아이디어일 수도 있습니다. 내가 처음 시작했던 씨앗은 무엇이었을까? 그리고 그 씨앗을 심기 위해 어떤 결심을 했을까? 우리는 이루고자 하는 것들을 심기 위해서 먼저 구체적인 목표를 세우고, 그것을 이루기 위한 계획을 세워야 합니다. 이는 단순히 바라는 것만으로는 이루어지지 않습니다.

목표를 명확히 하고, 이를 향해 나아가기 위한 구체적인 계획을 세우는 것이 중요합니다.

그리고 뿌리를 깊이 내려야 합니다.

강한 뿌리는 어떤 바람에도 흔들리지 않는 나무를 만들고, 그 나무는 비로소 열매를 맺을 준비가 되어 갑니다.

우리의 삶도 마찬가지입니다. 목표를 이루기 위해서는 먼저 자신을 단단히 세우고, 인내와 끈기로 뿌리를 내려야 합니다.

그렇게 단단히 뿌리를 내린 우리의 마음은 어떤 어려움에도 흔들리지 않게 됩니다.

땅을 딛고 나온 작은 나무가 열매를 맺을 수 있는 큰 나무가 되기 위해서는 물과 햇빛, 그리고 영양분을 필요로 합니다.

우리의 꿈과 목표도 마찬가지입니다. 이를 이루기 위해서는 끊임없이 새로운 정보를 찾고, 먼저 열매를 완성한 이들의 경험을 받아들여야 합니다. 때로는 어려움과 좌절을 맛볼 수도 있지만, 우리는 포기하지 않고 꾸준히 노력해야 합니다. 물과 햇빛, 영양분이 씨앗을 키우듯이, 목표에 대한 정보와 먼저 걸어간 발자취를 응용해 나의 열매를 완성하기 위한 밑거름과 베이스(Base)로 삼아야 합니다.

나무는 비를 맞고 바람에 흔들리며 성장해 갑니다.

차가운 비가 무겁게 적셔 그 무게를 감당하지 못할 만큼 힘들게 하고, 가지를 찢는 바람에 흔들리지만 그것은 모두 우리가 더 큰 열매를 맺기 위한 한 과정일 뿐입니다.

그 과정을 통해 우리는 더 단단해지고, 내면은 더 깊어져 처음보다도 더 큰 꿈을 이루게 됩니다.

좋은 열매를 맺기 위해서는 충분한 기다림의 시간이 필요합니다. 씨앗이 자라 열매를 맺기까지는 수많은 변수가 존재하기에 예상했던 시간보다도 더 오랜 시간을 인내하며 기다릴 수도 있습니다. 우리의 꿈과 목표도 마찬가지입니다. 단기간에 모든 것을 이루고자 하지만 계속해서 시행착오와 변수들이 발생합니다. 대기만성(大器晩成), 큰 그릇을 만드는 데는 오랜 시간이 걸립니다. 우리는 시간이 주는 무게를 견디고 이겨 내야 합니다.

오랜 기다림과 노력으로 열매를 맺었다고 해도 그것이 목표의 완성은 아닙니다. 나무가 맺은 열매는 노력의 산물이자, 자연의 선물입니다. 그러나 그 열매를 가만히 두지 않는 존재가 있으니, 바로 새들입니다. 수많은 새 떼는 나무가 오랜 시간 기다리며 노력으로 맺어 놓은 달콤한 열매를 훔치기 위해 계속 기회를 노리며 집요하게 공격합니다. 마지막으로 새 떼의 공격으로부터 열매를 안전하게 지켜 낼 때 비로소 목표가 완성되는 것입니다.

삶의 여정을 걷다 보면, 우리는 때때로 목표를 이루기 위한 길목에서 멈추고는 합니다. 좋은 열매를 맺으려면 많은 노력과 인내가 가장 중요한 요소이지만 적당한 햇빛과 온도, 강수량, 건강한 수세도 무시할 수 없는 조건들입니다. 그러나 모든 나무가 운 좋게 만족스러운 환경을 다 가질 수는 없습니다.

그럼에도 불구하고, 그 모든 과정을 견디고 이겨 낸 나무들만이 결국에는 달콤한 열매를 맺을 수 있습니다.

"가장 큰 나무도 작은 씨앗에서 자란다."

– 아이슬란드 속담

"네 시작은 미약하였으나 네 나중은 심히 창대(昌大)하리라."

- 구약 욥기 8장 7절

새로운 도전, 새로운 세상으로 나아가는 여정은 두려움과의 싸움이며 가슴을 가득 채운 용기가 필요합니다.

자기애와 자신감 통해 용기를 내 보지만 새로움, 낯선 것들과의 만남은 늘 두렵고 불안정합니다.

껍질을 벗는 과정은 힘겹고 고통스럽습니다. 때로는 몸에 수많은 생채기를 남길 수도 있습니다.

마치 나비가 고치 속의 번데기를 벗고 나오는 순간처럼, 껍질을 벗기 위해서는 '새로운 변화'를 받아들일 준비가 필요합니다. 변화는 두렵고 불확실하지만, 그것이 비로소 성장의 시작입니다. 그리고 새로운 시작을 위해 오래된 '선입관'과 '습관'을 내려놓아야 합니다.

이 과정에서는 마음속에서 수많은 저항과 두려움을 느낄 수 있습니다. 그러나 껍질을 벗는 과정을 통해 우리는 진정한 자신을 발견하고, 더 강하고 단단한 존재로 변화할 수 있습니다.

벽을 부순다는 것 역시 용기와 자기 변화를 필요로 합니다.

우리의 마음속에는 많은 두려움과 제한된 신념이 자리 잡고 있습니다. 이러한 벽들은 우리를 가로막고, 더 나은 삶을 창조하는 데 큰 걸림돌이 됩니다. 우리는 이 벽들을 부수기 위해 용기와 실천이 필요하며, 그 과정에서 많은 불안과 두려움을 마주해야 합니다. 그러나 벽을 부수는 순간, 우리는 가슴이 시원하게 열리는 자유와 성장을 통해 새로운 세상을 경험하게 됩니다. 껍질을 벗고 벽을 부수는 과정은 우리가 자신의 한계를 뛰어넘을 수 있는 기회를 제공합니다. 이 과정에서 우리는 자신을 재발견하고, 높아진 자존감과 자신감 그리고 새로운 가능성을 찾을 수 있습니다.

이는 마치 땅속에서 자라 나온 씨앗이 몸을 부풀려 껍질을 벗고 땅위로 힘껏 솟아오르는 것과 같습니다.

우리는 이 과정에서 더 큰 성장을 이루고, 더 넓은 세상을 향해 나아갈 수 있습니다. 또한, 껍질을 벗고 벽을 부수는 과정에서 자신의 진정한 가치를 발견하게 됩니다. 우리는 누구나 다 가능성이 충분한 소중한 존재입니다. 우리는 더 이상 과거의 경험과 두려움에 얽매이지 않고, 자신을 긍정적으로 바라볼 수 있게 됩니다. 이 과정은 우리의 내면을 정화하고, 새로운 시작을 위한 준비를 돕습니다.

그러나 껍질을 벗고 벽을 부수고 새로운 세상으로 나가는 과정은 결코 쉽거나 만만하지 않습니다.

새로운 세상을 머릿속으로는 동경하지만 고통과 두려움에 이리저리 핑계를 대고 허송세월을 보내며 매일 다시 그 자리에 서 있습니다. 껍질을 벗고 새로운 세상으로 나간 주변인들을 폄하하고 빈정거리며 자기를 합리화하는 바보 같은 짓을 합니다.

속마음은 자기 자신도 아주 잘 알고 있습니다. 자기를 둘러싼 껍질을 벗어던지지 못하면 후회할 것을 알지만 감히 용기를 내지 못하고 그 자리에서 안주(安住)합니다.

용기를 내어 지금 그 자리를 박차고 뛰어오르지 못하면 영영 그 세상에 갇히게 됩니다.

우리는 자신의 한계와 두려움 속에 갇혀, 안전하고 익숙한 껍질 속에서 살아갑니다. 그러나 진정한 성장은 그 껍질을 벗고, 우리를 가로막는 벽을 부술 때 비로소 이루어집니다.

껍질을 벗는 과정은 때로는 고통스럽고 두려울 수 있지만, 그 과정에서 새로운 가능성과 성장을 발견하게 됩니다.

밖에는 경험해 보지 못한 전혀 다른 세계가 기다리고 있으며 남들이 경험해 보지 못하는 세계는 또 다른 가치가 있습니다.

"새는 알에서 빠져나오려고 몸부림친다. 알은 세계다. 태어나려고 하는 자는 하나의 세계를 파괴하지 않으면 안 된다."

- 헤르만 헤세(Hermann Karl Hesse)의 『데미안』

10. 슬로우 스타터 (*Slow Starter*)

긴 겨울을 지나고 다시 따뜻한 햇살이 내리쬐며, 나무들은 긴 겨울의 휴면 상태를 깨고 새로운 생명 활동을 시작합니다.

매화나무, 산수유, 목련, 개나리와 진달래는 이르게 아름답고 예쁜 꽃을 피워 내 새로운 봄의 시작을 온 세상에 알리며 우리의 마음을 설레게 합니다.

하지만 능소화, 배롱나무, 자귀나무는 꽃을 피우는 데 서두르지 않고 자연의 리듬을 따라 천천히 성장하며, 자신에게 맞는 시간을 가지고 꽃을 피워 냅니다.

최재훈(한화 이글스), 구로다 히로키(히로시마 도요 카프), 덕 피스터(텍사스 레인저스), 이들은 처음에는 큰 주목을 받지 못했지만, 시간이 지남에 따라 진가를 발휘하며 팀의 중요한 일원으로 자리 잡은 야구 선수들입니다.

트로트 가수 장민호는 1997년에 아이돌로 데뷔 후 수많은 역경과 실패를 딛고 2019년부터 현재까지 최고의 전성기를 누리고 있습니다.

세상에는 빠르게 출발하는 사람들이 있는가 하면, 천천히 출발하는 사람들도 있습니다.

슬로우 스타터(Slow Starter), 즉 느리게 출발하는 사람들은 처음에는 특별히 눈에 띄지 않지만, 시간이 지날수록 서서히 진가를 발휘합니다. 그들의 발전 속도는 더디게 느껴질 수 있지만, 그 속에서 우리는 느림의 미학과 그들만의 특별한 가치를 발견할 수 있습니다.

'슬로우 스타터'는 서두르지 않고, 차분하게 자신의 길을 걸어갑니다. 그들은 빠른 성과나 단기적인 성공에 연연하지 않으며, 자신만의 속도, 인내와 끈기로 목표 지점을 향해 천천히 나아갑니다.

'슬로우 스타터'는 느리게 출발하기 때문에, 그 속에서 깊이 있는 성찰의 시간을 가질 수 있습니다.

그들은 자신의 선택과 행동을 신중하게 고려하며, 그 과정을 통해 많은 것을 배우고 성장합니다.

느린 속도는 그들에게 더 넓은 세상을 볼 수 있는 통찰력을 안겨 주며, 깊이 있는 성찰로 삶을 더욱 풍요롭게 만듭니다.

우리는 '능력자'라는 칭호를 듣기 위해 세상이 원하는 성과를 급하게 서두르면서 과도한 에너지를 소모합니다.

'슬로우 스타터'는 느리게 출발하지만, 그들은 꾸준한 노력과 성장을 통해 결국에는 큰 성취를 이룹니다. 그들은 처음에는 모두가 주목하는 큰 성과를 나타내지 않지만, 시간이 지날수록 점점 발전하며 자신의 존재를 세상에 알립니다.

천재성을 타고나 소년 급제(少年 及第)로 승승장구하고, 무명 시절 없이 바로 유명한 아티스트(Artist)가 되기도 하고, 단시간만에 LPGA를 정복하는 프로 골퍼도 분명히 존재하며, 이들은 모든 이의 선망의 대상이 됩니다.

그러나 모든 이가 천재성을 타고나는 것은 아니며, 크게 될 사람은 늦게 이루어진다는 사실을 세상에 실제로 보여 주는 이들도 존재합니다.

'배롱나무'는 낙엽 활엽 소교목으로 수피는 오래된 책장처럼 갈라지고 벗겨져 그 자국이 나무 전체를 뒤덮고 있습니다. 한 겹 한 겹 벗겨진 자리에는 희고 매끈한 속살이 드러나지만, 이내 거칠고 평활하며 얇게 벗겨져서 줄기에 얼룩이 잘 지고 적갈색의 껍질로 다시 채워집니다. 꽃은 느리게 7~9월에 만개(滿開)한 후 약 100일 동안 진한 분홍색의 꽃을 피우며 다른 나무의 꽃보다 길게 전성기를 누립니다. '배롱나무' 꽃은 꾸준함으로 큰 성취를 이룰 수 있음을 보여 줍니다. 남들보다 늦게 꽃을 피운다고 절망하거나 슬퍼하지 않아도 됩니다.

먼저 성공한 사람들과 비교하며 자책하기보다는 자기만의 페이스(Pace)를 유지하며 꾸준하게 나아간다면 그것만으로도 충분합니다. 느리게 꽃을 피우는 나무들은 서두르지 않으며 오랫동안 핀 꽃이 지지 않도록 충분하게 시간을 활용합니다. 그들은 자연의 이치(理致)와 순리(順理)를 따라 천천히 성장하며, 자신의 시간을 유지하며 꽃을 피우고 열매를 맺습니다.

11. 열정(熱情), 그따위가 뭐라고

'열정(熱情)'은 어떤 일에 열렬한 애정을 가지고 열중하는 마음입니다.

'열정'을 마치 모든 것을 가능하게 만드는 마법과 같은 것으로 말하고 행동하는 사람들이 있습니다.

이들은 '열정'이 있으면 모든 것이 해결될 것처럼 말하기도 하고, '열정'이 넘치지 않으면 무언가 부족한 사람으로 평가하며 '열정'을 핑계로 비교적 경험이 없는 이들의 소중한 시간과 노력을 적은 임금으로 이용하려 합니다.

주변에서 무능력하고 이기적인 사람이 자기만의 욕망과 성공을 채우기 위해 이 모두를 '열정'으로 포장하는 경우도 경험하게 됩니다.

'열정'은 시간이 지나면 줄어들거나 사라져 없어집니다.

어떤 목표를 이루는 데는 '열정' 외에도 인내, 동기부여, 책임감, 정확한 정보 등 수많은 요소가 존재합니다.

'열정'은 그저 목표를 이루는 여러 가지 요소 중 일부에 지나지 않으며 최고의 가치가 아닙니다.

세상 모든 사람이 '열정적'으로 공부하고 일하며 살아가는 것도 아닙니다.

'열정'으로 인해 우리는 과도한 에너지를 소비하고 자신을 몰아붙여 그 결과로 번아웃(Burnout)이 찾아와 무기력해지기도 하고 공황장애로 심장이 빠르게 뛰고, 숨이 가빠지며, 마치 세상이 무너지는 듯한 공포에 휩싸이며 불안감으로 대인공포증까지 느끼며 고립될 수도 있습니다.

'열정'을 강요하는 사회나 조직 분위기에 이리저리 끌려다니며 살면 나 자신을 잃을 수도 있습니다.

우리는 각자의 방식으로 성장하고, 발전해 나갈 수 있음에도 오늘도 우리 사회 중 어느 곳에서는 열정만을 강요합니다.

그놈의 열정 따위가 뭐라고….

'열정'은 삶을 발전시키고 풍요롭게 만들 수 있는 한 요소일 뿐 그것이 우리 삶의 모든 것을 지배하는 것은 아닙니다.

삶에서 중요한 것은 옳음을 지향하는 방향성을 가지고 오늘도 자신만의 속도로 꾸준하게 나아가는 것입니다.

12. 괜찮아, 너는 봄꽃이니까

겨울은 나무들에게 가혹한 시간입니다. 그 시간 동안 나무는 고독한 천사의 모습으로 추위를 동반한 겨울바람을 견디며 결국에는 봄을 맞이합니다. 봄이 시작되면 긴 잠에서 깨어난 나무와 꽃들은 굳어진 몸을 이리저리 흔들고 가지들은 봄바람을 안은 채 밝은 모습으로 새롭게 태어납니다.

얼어붙었던 강물과 대지는 따스한 햇살 아래서 녹아내리고, 그 속에서 나무의 새싹들은 고개를 내밀고 수줍고 고운 꽃망울은 살포시 얼굴을 감싼 채 새로운 시작을 알리기 위해 기지개를 켭니다. 봄꽃들은 우리에게는 희망입니다.

봄꽃은 겨울을 딛고, 꽃샘추위를 이겨 내며 고고하게 때로는 짧지만 강렬하게 피어납니다.

그 꽃잎들은 햇살을 받으며 더욱 빛나고, 우리에게 희망과 기쁨을 전해 줍니다.

젊다는 것 역시 열정과 꿈으로 가득 차 있습니다.

우리는 젊은 시기에 자신의 꿈을 이루기 위해 끊임없이 도전하고, 그 과정에서 많은 배움을 얻습니다.

봄꽃과 젊음은 그 찬란함 속에서 우리에게 새로운 시작과 기대, 그리고 희망을 가져다줍니다.

그러나 우리는 야속하게도 시간이 지난 후에야 소중함을 알게 됩니다. 얼마나 아름다운 시절이었는지를….

봄꽃이 피어나기 위해서는 긴 겨울을 견뎌 냅니다.

추운 겨울 동안 땅속에서 뿌리를 내리고, 필요한 영양분을 흡수하며 자신만의 시간을 준비합니다.

마찬가지로 젊은 시기에 우리는 많은 경험과 배움을 통해 성장합니다. 때로는 실패와 좌절을 겪지만, 그 속에서도 끊임없이 자신을 발전시키고, 더 나은 미래를 향해 밝은 모습을 유지하며 나아갑니다.

봄꽃과 젊음은 모두 성장의 과정을 거치며, 그 속에서 더욱더 완성되고 아름다워집니다.

봄꽃은 새로운 시작입니다.

겨울이 지나고 찾아온 봄에 피어나는 꽃들은 우리에게 새롭게 시작할 수 있는 힘과 용기를 줍니다.

젊음 역시 새로운 시작을 위한 시기입니다.

우리는 젊은 시기에 많은 도전을 하며, 그 속에서 자신의 길을 찾아갑니다.

봄꽃과 젊음은 새로운 시작 속에서 더 큰 가능성을 찾아가는 우리의 희망입니다.

봄꽃은 짧은 시간 동안 피어나고, 그 아름다움을 보여 주지만 그 순간은 영원하지 않으며, 비바람에 꽃잎을 떨구거나 자연의 이치에 따라 시간이 지나면 시들게 됩니다.

그러나 슬퍼하지 않아도 됩니다. 봄꽃들은 시련을 통해 성장하고, 꽃이 진 자리에는 새로운 열매가 열립니다.

절망과 희망이 교차하는 춥고 어두운 겨울, 광장에서 활짝 피어오른 봄꽃들에서 희망과 용기를 봅니다.

추운 길바닥에 하나하나 모여 질서와 품위를 지키면서도 열정적으로 행동하며 말합니다. 깊은 밤에도 새벽을 노래하고, 절망 속에서도 희망을 외칩니다. 그들의 표정은 공포에 질려 있거나 어둡지도 슬퍼보이지도 않습니다. 용기와 밝은 희망이 보입니다.

밝고 환한 모습, 깊이 있는 용기와 자신감에 찬 모습은 누구에게도 강요하지 않고 진실과 정의를 말합니다.

겨울을 이겨 내고 피어나는 봄꽃들은 우리의 희망과 용기의 상징입니다.

겨울 찬 바람, 추위와 어둠이 널 억눌러도 괜찮아, 너는 봄꽃이니까. 희망을 품고 인내하며 기다려. 너의 봄은 이제 시작이니까.

"너의 자유와 존귀함은 오직 네 안에서만 존재한다. 너 스스로 꺼내 주지 않는 한 그 누구도 함부로 꺼내 아무 곳에도 내동댕이칠 수 없다."

13. 정상으로 가는 길

산 정상에 도달하는 길은 단 하나가 아닙니다.

정해진 등산로를 이용하는 방법, 계곡의 급격한 경사로를 이용해 빠르게 오르는 방법, 완만한 능선을 따라 오르는 방법 등 다양합니다.

각자의 방식으로 산의 정상을 향해 오릅니다.

누구는 빠르게, 누구는 산 속의 경치를 감상하며 나무들이 서 있는 위치를 확인하면서 서서히 오릅니다.

삶의 여정은 마치 산을 오르는 것과 비슷합니다.

우리는 모두 각자의 목표를 향해 나아가고, 각자의 위치와 방법으로 정상을 향해 오릅니다.

우리는 빠르게 정상에 오른 이들을 시기하고 부러워합니다.

또는 자신과 다른 길을 가는 사람들을 보며 불안함과 불편함을 느끼곤 합니다.

정상을 향해 나아가는 길이 때로는 험난하고 고달플 때도 있고, 길을 잘못 들어서 같은 자리를 반복해서 돌 수도 있고, 발을 헛디뎌 미끄러져 부상을 당할 수도 있습니다.

정상과 다른 방향으로 계속 걸어 다른 사람들에 비해 한참 뒤떨어질 수도 있지만 다른 사람들에 비해 조금 늦었다고 위축되거나 불안해할 필요는 없습니다.

남들과 비교하지 않고, 자신이 선택한 방식과 속도 그리고 호흡으로 산 정상을 향해 나아가는 것이 가장 중요합니다.

삶의 여정에서도 남보다 빠르게 출발했다고 먼저 목표점에 서지는 않습니다. 우리는 종종 남들과의 경쟁 속에서 자신의 성취를 평가하곤 합니다.

남보다 빠르게 출발하는 것만이 성공의 척도인 것처럼 느껴질 때가 많지만 오히려 천천히 그러나 꾸준히 목표를 향해 나아가는 사람들이 더 큰 성취를 이룰 때가 많습니다.

산 정상에 다가설수록 길은 험하고 경사는 급해지고, 호흡은 거칠어지고, 발걸음은 더뎌집니다.

산은 자기 머리의 정수리를 쉽게 내어 주지 않습니다.

한 걸음 남은 마지막까지 최선을 다해야만 인정해 준다는 산의 경고이자 배려입니다.

산 정상에 오를 수 있는 방법은 다양하며, 수많은 길이 존재합니다.

누구의 방법이 옳은지에 대한 정답은 세상 어디에도 없습니다. 자신이 가는 길에 대한 확신만이 존재합니다.

얼음산이는 얼음 위를 걷는 것같이 위태로운 줄에서 기예(技藝)를 펼치는 남사당패 최고의 줄꾼을 의미합니다.

우리의 삶은 외줄 타기와 많이 닮았습니다.

좁은 외줄 위에서 아슬아슬한 균형을 유지하며 오늘 하루도 힘겹게 살아 나갑니다. 외줄 아래로 떨어지면 다시 오르기가 몇 배 더 힘든 것을 잘 알고 있기에….

처음 외줄 위에 서면 긴장감과 두려움이 온몸을 감싸서 첫발을 떼기도 어렵지만 외줄에서 걷기 위해서는 첫발을 떼는 용기가 필요합니다.

출발점에서 계속 서 있을 수는 만은 없는 것이 우리 인생입니다.

첫발을 떼면 외줄 위에서 끊임없이 균형을 잡고 도착점을 향해 조금씩 나아가야 합니다.

균형을 잡고 한 걸음 한 걸음 나아가다 보면 생각지도 못한 바람에 몸이 흔들리며 외줄에서 떨어질 위기를 맞이할 수도 있습니다.

외줄에 서 있을 때 바람을 만나면 누구나 두렵고, 그 두려움에 사지(四肢)가 움직이지 않을 수도 있지만 외줄에서는 피할 곳이 없고, 다시 오를 용기조차 없어 외줄에서 내려올 수도 없습니다.

한두 번 외줄 위를 걸었다고 그 위에서 자유를 얻을 수는 없습니다.

'얼음산이'는 어떠한 위기도 이겨 내기 위해 매 순간 외줄에서 균형을 잡는 연습을 하고, 두려움을 이겨 내며, 끊임없이 도전합니다. 그러면 어느 순간 바람의 흐름과 발밑의 작은 움직임까지 내 것으로 만들 수도 있고 외줄에서 빠르게 달릴 수도 있고, 하늘을 향해 뛰어오를 수도 있는 외줄 위의 진정한 자유인이 됩니다.

외줄 위에 홀로 선 '얼음산이'는 어떠한 흔들림에도 포기하지 않고 좌우로 흔들리는 줄 위에서 어느 쪽으로 나아갈지를 빠르게 선택해야 하며 균형을 맞추려 팔을 벌리고, 굳은살이 박인 발바닥으로 줄을 누르며 조금씩 앞으로 나아갑니다.

우리는 발바닥에 굳은살이 생기기 전 상처가 아리고 쓰라려도 오늘도 외줄 위에서 모든 감각을 집중해 조금씩 앞으로 나아가야 합니다.

도착점의 바로 앞에 선 노련한 '얼음산이'도 최고의 집중력을 발휘하며 마지막까지 조심스럽게 한 발씩 움직여서 나아갑니다.

외줄을 건넌 뒤 하늘에 가까이 다가선 채로 외줄 아래를 내려다봅니다.

두려움을 이겨 낸 가슴이 웅장해집니다.

돌아온 자리를 여유 있게 돌아보면, 그곳에 내가 살아온 삶의 흔적들이 남아 있습니다.

"나는 스스로 광대라고 생각한다. 대가를 받고 공연을 한다기보다 줄에
서는 그 순간만은 모든 것을 잊게 돼 다시 줄을 탈 수밖에 없다."

- 얼음산이 권원태

15. 가짜의 유혹, 산수국

　무더운 7월, 천리포수목원으로 향하는 길가에는 산수국이 무리 지어 아름다움을 자랑하며 서 있습니다. 그 보라색 꽃들은 서로 경쟁하며 한 폭의 그림처럼 펼쳐져 사람들의 발걸음을 붙잡고 곤충을 유혹합니다. 발걸음을 멈추고 가까이 다가서서 꽃잎들을 자세히 가만히 들여다보면, 가운데 작은 구슬 모양의 꽃들은 모여 큰 꽃 모양을 만들어 내고, 꽃마다 암술과 수술을 지니고 있어 수정이 가능한 진짜 꽃들이고, 가장자리의 큰 꽃들은 곤충을 유혹하기 위한 헛꽃(가짜 꽃)들입니다.

　인간의 눈은 가시광선 내의 다양한 빛을 감지하지만, 그 범위는 한정적입니다. 그러나 곤충의 눈은 우리가 보지 못하는 세계를 볼 수 있는 특별한 능력을 가지고 있습니다. 수많은 작은 렌즈로 구성된 복눈(복합눈)을 가지고 있으며, 이로 인해 넓은 시야와 빠른 반응 속도를 자랑합니다.

하지만 그중에서도 가장 흥미로운 특징은 인간은 볼 수 없는 자외선을 감지할 수 있다는 능력을 지녔다는 점입니다. 곤충들은 이를 통해 꽃의 꿀을 찾고, 짝을 찾으며, 위험을 피할 수 있습니다. 인간이 '만물의 영장'이라고 큰소리치지만 세상에는 인간들이 느끼지도 감지하지도 이해하지도 못하는 다른 세상이 분명히 존재합니다. 곤충들은 자외선으로 가득한 세상을 보고 우리와는 다른 방식으로 꽃을 보고, 그 아름다움을 느낍니다.

산수국은 다른 꽃들과의 경쟁에서 앞서기 위해 가장자리에 보라색을 지닌 헛꽃을 크게 만들어 숲속의 나비와 벌들을 가운데 숨겨진 진짜 꽃으로 유인해 꽃가루를 곤충의 몸에 묻혀 다른 꽃으로 옮겨 다니며 수정을 하게 만드는 치밀한 전략을 선보입니다. 암술과 수술이 없는 가짜 꽃에 속아 꿀을 모으지 못하더라도 곤충들에게 가장자리의 보라색 큰 헛꽃은 피할 수 없는 큰 유혹입니다. 큰 헛꽃들은 처음에는 하늘을 향해 피어나 다른 꽃에 있는 곤충을 유인하고 수분이 끝나 그 목적을 모두 이루면 모두 지면(地面)을 향해 고개를 숙입니다.

우리는 때로 화려한 스펙과 겉모습, 뛰어난 언변, 고소득을 보장하고, 시험에 한 번에 합격시켜 준다는 헛꽃의 달콤한 유혹에 나도 모르는 사이에 속아 사람을 판단하고, 물건을 구매하며, 전혀 준비되지 않은 허접한 사교육기관에 등록해 목표를 설정하는 경우가 있습니다.

이럴수록 화려한 겉모습 뒤에 숨은 모습과 그 속에 숨겨진 진정한 가치를 고민하면서 서두르지 말고 한 번쯤은 한 발짝 물러서 객관적으로 바라볼 필요가 있습니다. 우리는 종종 화려한 겉모습에 속아 가장 중요한 것을 놓치기도 합니다. 화려한 겉모습 뒤에 숨겨진 진정한 가치를 찾기 위해서는 더 깊이 바라보고, 더 많이 느껴야 합니다. 겉모습 뒤에 숨겨진 진실을 발견하기 위해서는 시간과 공(功)을 들여야 합니다.

선물을 받았을 때 포장지가 아름다우면 좋겠지만 중요한 것은 선물의 내용물 그 자체이지 포장지가 아닙니다. 진정한 가치는 겉모습이 아닌 내면에 존재할지도 모릅니다. 속고 나서 초라한 모습으로 후회를 아무리 해도 그 이전으로는 돌아갈 수 없으며 후회는 아무리 빨라도 되돌릴 수 없습니다. 가짜 꽃이 주는 유혹은 견디기 힘들 만큼 강력합니다. 경계의 벽을 아무리 높게 쌓아도 쉽게 허물어 버립니다. 산수국의 진정한 아름다움은 암술과 수술 그리고 꿀과 화분을 모두 가지고 있는 작은 꽃들이 모여 큰 꽃 모양을 만들어 내는 것이지 가장자리의 화려하지만 불완전한 커다란 헛꽃이 아닙니다.

16. 보색대비(補色對比)

'보색대비(補色對比)'는 보색 관계에 있는 두 색을 같이 놓았을 때, 서로의 영향으로 더 뚜렷하게 보이는 현상입니다.

빨강과 초록, 파랑과 주황, 노랑과 보라와 같은 보색들은 전혀 어울리지 않아 보이는 색들입니다.

그러나 서로를 보완하며 동시에 강렬한 대비를 만들어 내 깊은 인상을 심어 줍니다.

세상에는 수많은 사람이 있고, 그들 각자의 성격은 다양합니다.

서로 다른 성격을 가진 사람들이 만나고 어울리면서 다름 속에서 조화가 피어나는 순간들이 있습니다.

반대의 성격은 서로를 보완하는 힘을 가지고 있습니다.

계획적이고 체계적인 사람과 즉흥적이고 창의적인 사람이 함께 일할 때, 그들은 서로의 강점을 활용하여 더 나은 결과를 만들어 낼 수 있습니다.

계획적인 사람은 체계적으로 일을 진행하며 실수를 줄이고, 창의적인 사람은 새로운 아이디어를 제공하여 프로젝트를 더욱 흥미롭고 혁신적으로 만들 수 있습니다.

이러한 보완의 힘은 우리가 더 나은 성과를 이루는 데 큰 도움이 됩니다.

살다 보면 색(色, Color)과 결이 다른 사람을 만나게 됩니다.

반대의 성격은 때로 갈등(葛藤)을 일으키기도 합니다.

서로 다른 방식으로 생각하고 행동하는 사람들은 충돌할 수밖에 없습니다.

이런 상황에서 선입견을 배제하고 이해의 폭을 넓혀 지속적으로 소통한다면 서로 다른 관점과 경험을 통해 자신의 한계를 뛰어넘고, '다름' 속에서 더 큰 성장을 이룰 수 있습니다.

모자이크 한 조각으로 큰 그림을 다 이해할 수 없듯이 그 사람을 이해하려면 그 사람의 전부를 알아야 합니다.

녹색의 크리스마스트리에 빨간색 장식을 하면 트리와 장식 모두

돋보이며 청색과 주황색으로 마감한 실내장식은 모던하며 세련된 실내를 연출합니다.

보색(補色)은 갈등이 아니라 나와 상대편을 더 돋보이게 하는 아름답고도 강렬한 조합입니다.

17. 양성 주광성
(陽性 走光性, *Positive*)

양성 주광성은 자유 운동 능력을 가진 생물이 밝은 빛으로 향하는 현상입니다.

어두운 밤이 시작되고 작은 불빛들이 깜박이면, 많은 곤충이 그 빛에 이끌려 들어가는 모습을 쉽게 볼 수 있습니다.

곤충들에게 빛은 생존에 있어 필수적인 요소입니다.

곤충들은 빛을 통해 생존에 필요한 정보를 얻고, 방향을 설정합니다.

빛은 그들에게 안전한 장소를 찾아내는 길잡이 역할을 하며, 빛이 없는 어두운 환경에서는 생존이 어려울 수 있습니다.

이러한 곤충들은 달빛을 기준으로 방향을 잡습니다.

이들은 달빛을 기준으로 일정한 각도를 유지하면서 직선으로 날아가는데, 인공적인 불빛이 등장하면 그 빛을 달빛으로 착각하고 그 빛을 기준으로 방향을 잡으려 합니다.

하지만 인공적인 빛은 일정한 위치에 고정되어 있기 때문에, 곤충들은 그 빛을 기준으로 계속 원을 그리며 맴돌게 됩니다.

그래서 불빛 주위에는 곤충들이 모이게 됩니다.

또한, 곤충들의 눈은 빛에 매우 민감해 인공적인 빛, 특히 자외선

(UV)을 포함한 빛에 더욱 강하게 반응합니다.

오직, 자기 자신의 본능에만 충실한 곤충들은 쉽게 포식자에게 노출되거나, 번식지에서 멀어지는 등 생존에 불리한 상황에 처합니다. 인간들은 본능에 의해 이끌려 온 곤충을 빛을 이용한 유아등(유살등)으로 유인하고 포살(捕殺)합니다.

인간도 본능적(本能的)으로 권력 위에 서려 하고, 더 많은 부(富)와 목적을 이루기 위해 미친 듯이 불빛을 향해 달려듭니다. 그 불빛을 향한 강렬한 욕망은 이성(理性)을 마비시키므로 무작정 달려들어 결국에는 함정에 빠지거나 몸은 검게 불탄 채 날개만 퍼덕이다 결국에는 죽음으로 마무리됩니다.

권력을 얻기 위해 도저히 상상할 수 없는 일을 벌이기도 하고, 더 많은 부를 축적하기 위해 주변 사람들을 기망(欺罔)하고 진실을 가로막아 공동체를 붕괴시키기도 합니다.
본능(本能)은 우리가 의식적으로 생각하지 않고도 행동하게 만드는 내재된 힘이며, 생존을 위해 진화해 온 우리 몸과 마음의 자연스러운 반응입니다.
본능적인 행동은 인간의 기본적인 속성(屬性)입니다.

빛을 향하면서도 함정에 빠지지 않거나 불타 죽지 않으려면 이성과 본능의 적절한 조합, 스스로를 제어할 수 있는 이성적인 판단, 주변의 조언에 항상 귀 기울여야 합니다.

본능(本能)에 충실하면서도 살아남기 위한 여러 요소 중 가장 중요한 것은 옳고 그름을 판단할 수 있는 도덕성과 정당성입니다. 자기 자신을 가다듬지 않은 채 불빛으로 계속 달려든다면 기다리는 것은 깊은 함정과 절망 그리고 고통스러운 죽음뿐입니다.

감나무에 올라가 직접 따는 방법
감나무 가지를 흔드는 방법

나무 아래쪽에서
긴 막대기에 주머니가 달린 도구로
따는 방법

감이 떨어질 위치를 선정하여
누워서 입을 벌리고 있는 방법

감 따는 방법의 선택과 결과는
각자의 몫

모든 결과에 대한
책임은 자신의 몫

바구니에 감이 채워지지 않으면
빠르게 방법을 바꿀 것.

빈센트 반 고흐(Vincent Willem van Gogh)는 해바라기를 사랑한 화가였습니다. 그는 프랑스 남부의 작은 마을 아를(Arles)에서, 노란색을 중심으로 한 해바라기 그림들을 통해 자신의 내면을 표현하려 했습니다. 그의 해바라기는 마치 살아 있는 것처럼 강렬하고 뜨거운 생명력을 내뿜습니다.

그 밝고 강렬한 색채는 고흐가 갈망하던 행복과 빛을 상징했습니다.

'해바라기(Helianthus annuus)'는 국화과에 속하는 일년생으로 눈에 띄는 외모와 주목할 만한 특징을 가진 식물입니다.

해바라기는 일반적으로 큰 키와 튼튼한 줄기를 가지고 있으며 인상적인 높이에 도달할 수 있으며, 꽃 머리는 활기찬 꽃잎으로 둘러싸인 중앙 디스크로 구성되며 노란색과 주황색에서 빨간색, 심지어 두

가지 색상의 변형까지 다양합니다.

'해바라기'의 가장 큰 특성은 그 이름처럼 낮 동안 해의 위치를 따라 꽃의 방향을 바꾸는 점입니다. 이 현상을 '헬리오트로피즘(Heliotropism)'이라고 부릅니다. 이 단어의 유래는 '태양'을 뜻하는 그리스어 '헬리오스(Helios)'와 '회전'을 의미하는 '트로포스(Tropos)'가 결합된 용어입니다. 이 놀라운 현상은 식물의 생존과 번식에 있어 중요한 점을 시사하며, 식물이 태양 빛을 흡수하는 최적화된 지혜를 보여 줍니다.

'해바라기'의 이 독특한 행동은 식물의 성장 호르몬인 옥신(Auxin)의 분포와 이동으로 인해 발생합니다. 해가 뜨면 해바라기의 뒷면에서 옥신이 더 많이 생산되는데, 이로 인해 꽃이 햇빛이 있는 방향으로 굽어지게 됩니다. 밤이 되면 꽃은 다시 동쪽을 향해 위치를 재조정하여 다음 날 아침 해를 맞이할 준비를 합니다.

하지만, 꽃이 성숙해지고 나면 이 '헬리오트로피즘' 현상은 정지하고, 계속 같은 자리에 머무르게 됩니다.

성숙한 해바라기 꽃은 일반적으로 동쪽을 향하고 있으며, 이는 아침 햇빛을 더 빨리 받고, 꽃의 온도를 상승시켜 수분 작용을 돕는 역할을 합니다.

'해바라기'는 이처럼 해를 바라보며 자신의 성장을 최적화하는 신비로운 식물이지만 어느 일정한 시간이 지나면 더 이상 태양을 따라 움직이지 않습니다. 그 원인은 태양의 뜨거움에 지친 것도 바람이 강하게 불어 무거운 머리를 견디지 못한 것도 아닙니다. 겸손하게 고개를 숙이고 마치 자기 자신에게 주어진 사명을 다하고, 이제는 편안하게 잠시 쉬고 있는 듯한 모습이지만 실제로는 씨앗을 완성하고 새로운 생명을 잉태한 후 자신의 씨앗을 세상에 퍼뜨려 자신의 영역을 넓히려는 속셈으로 해를 저버리고 겸손하게 고개를 숙입니다.

'희망(Hope)'은 때로는 사라질 듯 보이지만, 결코 완전히 사라지지 않습니다. 마치 태양이 구름 뒤에 가려져도 그 빛이 여전히 존재하는 것처럼, '희망'도 우리 마음속 깊은 곳에서 빛나고 있습니다. '희망'은 가장 소중한 것이며 하늘을 향해 다시 날아오를 수 있도록 도와주는 좋은 것입니다. 그러나 그 '희망'이 '고문'처럼 느껴진다면 고개를 숙인 채 그 '희망'에 대해 다시 되짚어 보아야 합니다. 내가 '희망'을 품은 것인지, 아니면 과도한 기대를 한 것인지 다시 한번 냉철하게 생각하고 정리해야 합니다. 현실과 동떨어진 막연한 기대로 긴 시간을 허비한다면 삶은 피폐해지며 사람과의 관계는 멀어지고 잊힌 채 원래의 자리로 돌아올 수 없습니다.

'희망'을 향해 계속 고개를 움직이는 것은 소중하지만 시간이 지나면서 그것이 '희망 고문'이란 사실을 깨닫게 되었다면 차라리 고개를 숙인 채 씨앗을 품는 삶의 지혜도 필요합니다.
고개를 숙인 해바라기는 마치 인생의 마지막을 맞이하는 듯하지만, 동시에 새로운 시작을 알리는 신호이기도 합니다.

'희망'과 과도한 기대를 구분하지 못해 오랜 시간을 '희망 낭인'으로 살기에는 생각보다 인생이 너무 짧습니다.

20. 잉어,
마침내 용문(龍門)을 오르다

'등용문(登龍門)'은 '용문(龍門)에 오르다'라는 뜻으로 어려운 관문을 통과하여 크게 출세하게 되거나 관문(官門)에 이르는 것을 의미한다.

이 말은 잉어가 중국 황하강(黃河江) 상류의 급류인 용문(龍門)을 오르면 용(龍)이 된다는 설화에서 시작되었습니다. 옛날에는 과거 급제로 벼슬살이인 관직에 나아감, 즉 '출세'를 뜻하고 현대에서는 공무원 시험에 합격해 공직으로 나가거나 변호사, 변리사, 회계사 등 어려운 국가 자격을 통과하는 의미로 사용됩니다.

잉어 한 마리가 용(龍)이 되기를 꿈꾸며 작은 연못을 떠나 용문을 향한 긴 여정을 시작합니다. 강을 따라 올라가며, 잉어는 수많은 어려움과 시련을 겪습니다. 거센 물살과 높은 폭포, 그리고 각종 장애물이 앞길을 가로막아서 의지는 점점 약해지고 열정과 집념은 작아졌지만 잉어는 포기하지 않고 끝까지 용문을 향해 도전해 나갔습니다.

모든 시련을 이겨 낸 잉어는 드디어 용문에 도착했습니다.

용문은 그가 상상했던 것보다 훨씬 더 웅장하고 거대합니다. 그곳은 한순간의 망설임이나 두려움을 허용하지 않는 냉철한 곳이었습니다.

잉어는 모든 사력(死力)을 다해 용문을 오르기 시작합니다.

물살은 생각보다 더 거센 기세로 밀어 냈지만, 잉어는 결코 물러서거나 두려워하지 않습니다. 잉어는 오직 용문을 넘겠다는 열망과 집념으로 주저앉으려는 마음을 억누르며 계속해서 도전했습니다. 버티기 힘들어 여러 차례 포기할 뻔한 위기의 순간도 있었지만 쓰러질 듯한 몸을 강한 정신력으로 버티며 계속해서 오르고 또 올랐습니다.

마침내, 잉어는 모든 고난의 시간을 이겨 내고 용문을 넘어섰습니다. 그 순간 하늘이 열리고 황금빛 비늘이 그의 몸을 감싸며 잉어는 위엄 있는 한 마리 용(龍)으로 변했습니다. 잉어는 이제 더 이상 작은 지느러미와 꼬리로 강 주변을 어슬렁거리는 한 마리의 물고기가 아닙니다.

용문에 올라선 순간 신비롭고도 강력한 위엄을 가진 거대한 한 마리 용으로 다시 태어나 하늘을 자유롭게 날며 세상을 품고 구름 사이를 뚫고 하늘 높이 날아오를 수 있게 되었습니다. 마침내 작은 연못을 벗어나기를 꿈꾸던 한 마리의 잉어는 큰 용이 되어 더 넓은 세상을 향해 나아갑니다.

높은 곳에 올라 아래를 내려다보니 용문을 오르려고 도전하다가 떨어진 후 바위에 부딪혀 이마가 깨지고 피투성이가 된 초라한 모습으로 강 아래로 힘없이 떠내려가는 수많은 잉어가 보입니다.

서울이란 낯설고 복잡하고 도시 속에는, 수많은 사람이 자신만의 꿈을 이루기 위해 노력하고 생활하고 있습니다.

그중 많은 젊은 세대가 안정적인 직업인 공무원과 전문가가 되기 위해 지방에서 상경해 노량진, 신림동, 교대역, 강남역 근처 등에서 고시원 생활을 하고 있습니다.

2~3평 크기의 작고 협소한 고시원 공간에 들어서면 간이 화장실, 1인용 책상과 그 밑에 있는 작은 냉장고 그리고 몸 하나만 누울 수 있는 침대, 그리고 옷장 하나가 전부로 사람이 살기 위한 최소 공간뿐입니다. 매일 이곳에 갇힌 채 수많은 젊은이가 원하는 꿈을 이루기 위해 청춘의 시간을 모두 포기한 채 최선을 다합니다.

　매일 아침 일찍 일어나서 공부를 시작하고, 학원을 다녀온 후 늦은 밤까지 책상 앞에 앉아 최선을 다하지만, 시험 준비는 결코 쉬운 일이 아닙니다.

　수많은 교재와 문제집, 끝없는 모의고사들과 거친 싸움을 해야 하고 나 자신과도 치열하게 싸워야 합니다. 육체적으로도 힘들지만 정신적으로는 이기기 힘들 정도로 힘이 듭니다. 시험 실패에 대한 두려움, 혼자만 남아 있다는 외로움, 고향에서 뒷바라지해 주는 부모님과 가족들에 대한 죄송함, 나보다 노력을 덜한 것 같은 고시원 동기들의 합격 소식, 시험이 다가올수록 느껴지는 초조함, 시험장에서의 긴장감, 시험 발표를 기다리는 고문보다 고통스러운 시간은 계속해서 마음속을 어지럽히고 짓누릅니다.

　시험 준비를 하다 보면 거센 물살과 같은 어려움을 마주할 수 있고 힘들고 지쳐 포기하고 싶은 순간도 찾아옵니다. 책이 잡히지 않는 슬럼프(Slump)가 반드시 찾아오기도 하고 친구들과 어울려 놀고 싶은 유혹과 이곳을 벗어나고 싶은 욕망에도 이끌립니다. 준비 기간이 길어질수록 그 무게감을 감당하기 어렵고 마음은 더욱더 메말라 갑니다.

　하지만 이제 와서 꿈과 목표를 포기할 수는 없습니다. 포기하기에는 너무 먼 길을 걷고 달려왔습니다.

작은 연못에서 시작한 한 마리의 잉어도 결국에는 모든 역경을 이겨 내고 용문을 뛰어넘어 거대한 마리의 용(龍)이 되었습니다. 인간인 우리는 꿈을 향한 도전과 포기하지 않는 의지가 있다면, 결국 용문을 넘어 더 큰 세상으로 나아갈 수 있습니다. 우리는 처음에 꿈꾸었던 목표를 향한 여정에서 용기와 끈기를 잃지 말아야 합니다.

최근 공무원 시험의 경쟁률이 많이 낮아졌다고 하더라도 몇십 대 일의 경쟁률을 뚫고 이겨 내는 것은 결코 쉽지만은 않은 일입니다. 목표를 정한 수험생의 최우선은 무조건 합격이지만 최종적으로 시험에 실패하더라도 최소한 인간적으로 성숙해졌다면 그것만으로도 아주 빌어먹을 결과는 아닙니다. 인생에는 오직 한 가지 길만 존재하지 않으며, 걷다 보면 나에게 맞는 여러 가지 새로운 길이 존재합니다.

오늘도 숨 막히는 공간에서 제대로 된 식사도 잊은 채 커다란 한 마리의 용이 되려고 의지를 불사르는 모든 수험생에게 진정 어린 응원과 박수를 보냅니다.

4부

홀로 선 나무는
그저 세상을 바라본다

01. 구도심(*Old City*)을 걸으면

도시의 일생(一生)도 우리네 인생살이와 별반 다르지 않습니다.

처음 만들어지고, 성장하다가, 최성기를 맞이하고 결국 쇠퇴하고 또다시 새롭게 태어납니다.

구도심을 걷다가 어느새 멈춰 서서 가만히 주위를 둘러보면 오래전 그날들과 젊은 시절을 마주합니다.

돌아갈 수 없는 시간에 대한 그리움, 지금은 기억 속에서만 맴도는 사람들이 하나씩 떠오릅니다.

담쟁이덩굴로 덮인 낡은 건물들의 외벽에는 세월의 흔적이 고스란히 새겨져 있고, 골목길의 오랜 터줏대감들인 나무들은 오늘도 그곳, 그 자리를 지킵니다.

이곳은 별반 대수롭지 않은 소재들이 조화롭게 어우러져 독특한 풍경으로 큰 캠퍼스를 채웁니다.

이곳을 걷다 보면 마치 시간 여행을 온 듯한 착각에 빠집니다. 새것보다는 낡고 해진 것들이 더욱 정겹게 다가오는 이곳에는 내 젊은 시절 추억의 조각들이 고스란히 모여 있습니다.

그곳에는 필요에 따라 없어지거나 사람의 손길이 지워진 낡은 건물들, 빛바랜 간판, 조그만 분식집, 오래된 가구와 조명으로 장식된 카페 그리고 좁은 골목길 바닥에 널려 있는 삐뚤어진 보도블록과 제

각각의 모양을 가진 낙엽들이 마치 시간이 멈춰 버린 듯한 정적과 빛 바랜 풍경을 만들어 내면서 과거의 이야기를 내게 말해 줍니다.

마치, 어제의 일처럼….

우리는 도시재생(都市再生)에 대해 별다른 고민 없이 원래 주인들을 내쫓고 추억이 깃든 오랜 것을 무조건 파괴하고, 레고 블록 같은 고층 건물들이 들어서면 도시가 진화(進化)하고 발전(發展)되었다고 근본도 없는 주장을 합니다. 일부 정치가나 행정가는 '창조적 파괴'라는 그럴 듯한 이론을 내세우며 본인이 이룬 큰 업적이라고 떠벌리며 추억과 낭만을 파괴한 것을 자랑스럽게 떠들고 다닙니다.

하지만 구도심은 단순히 과거를 담고 있는 잊히는 공간이 아니며, 현재에도 여전히 사람들이 시간을 공유하며 삶을 지속하기 위해 숨을 쉬는 공간입니다.

오래된 카페에서 커피를 마시며 오래 친구들과 추억을 공유하는 중년들, 골목길 안에서 손수 만든 새로운 작품과 물건을 거래하며 꿈을 향해 나아가는 젊은 예술가들, 그리고 낡은 건물을 다듬고 어루만져 새로운 생명을 불어넣은 공간으로 재창조하는 사람들까지 다양한 세대의 사람들이 각자의 방식으로 구도심에 새로운 활력과 새 생명을 불어넣고 있습니다.

구도심을 걷는 것은 단순히 물리적인 공간을 이동하는 것이 아니라, 시간과 공간을 초월하여 과거와 현재, 그리고 미래를 연결하는 여정입니다.

낡은 건물들 사이를 거닐며 옛 시간의 숨결을 느끼고, 새로운 시작을 꿈꾸는 사람들의 이야기를 듣다 보면, 고목(古木)에서 꽃이 피어나고 새 가지가 돋아나는 듯한 경이로운 세계를 마주할 수 있습니다. 아직도 그곳에는 먼 기억 속에서만 존재하는 추억과 생존을 위한 삶, 그리고 새로운 가능성과 꿈이 동시에 공존하며 살아 숨 쉬고 있습니다.

머지않은 시간 내 재개발로 이곳이 새롭게 태어난다면 되돌아갈 수 없는 젊은 시절 추억도 길을 잃을 것 같습니다.

낙엽들만 이리저리 뒹구는 쓸쓸하고 한적한 구도심의 거리에서 옛 시간과 이제는 다시 만날 수 없는 그리운 얼굴들을 떠 올려 봅니다.

"새로운 발상은 오래된 건물에서 나온다."

- 제인 제이콥스(Jane Jacobs)

"도시는 새롭게 창조되는 것이 아니라 삶의 시간을 공유하는 커다란 그릇이다."

- 醉於樹人 이수호

예산 수덕사 대웅전

'검이불루 화이불치(儉而不陋 華而不侈)'는 『삼국사기』 『백제본기』와 『조선경국전』에 등장하는 고사성어로, 백제와 조선의 미(美)를 상징하는 말입니다. 이 말은 우리의 건축과 조경을 압축해서 표현한 한 문장으로 '검소하되 누추하지 않고, 화려하되 사치스럽지 않다'는 의미를 지닌 고상한 표현입니다.

인간은 누구나 자기만의 삶을 누리는 방식이 존재하며 누군가는 검소함을, 누군가는 화려함을 추구합니다.

어떠한 방법으로 살아가든 바르지 않은 것은 아닙니다.

검소한 삶이든 화려함을 추구하는 삶이든 조화(調和)의 미학이 중요합니다.

검소함은 단순히 가진 것을 모두 줄이는 것을 의미하지 않으며, 필요 없는 것을 버리고 정말 중요한 것에 집중하는 것입니다. 하지만 검소함이라고 해서 모든 것을 희생할 필요는 없습니다. 삶의 기쁨을 위해 필요한 것은 충분히 누리되, 과한 욕심을 버리고 절제하는 것이 중요합니다. 하루하루 작은 정원에서 화초를 가꾸듯, 우리 삶도 단순하지만 아름다운 공간으로 만들어야 합니다.

화려함은 단순히 외적인 멋을 넘어서, 내면의 불꽃과도 같은 것으로 삶의 활력소로 중요합니다. 하지만 화려함이라고 해서 반드시 사치스러울 필요는 없습니다. 값비싼 물건으로 몸을 감싼다고 그 사람의 인성이 명품이 되는 것은 아닙니다. 상대방을 배려하고, 따뜻한 마음에서 우러나오는 말 한마디도 충분히 화려할 수 있습니다. 중요한 것은 형식적인 화려함이 아니라, 내면에서 우러나오는 진정한 아름다움입니다.

'검이불루 화이불치'는 삶에서 필요한 것만을 갖추고, 불필요한 사치를 피하며, 그 속에서 진정한 행복을 찾을 수 있어야 함을 의미합니다.

그 삶에 적절한 화려함을 더하여, 그 안에서 균형과 조화를 이루는 것이 중요합니다.

연꽃은 검소하면서도 화려합니다. 진흙 속에서 자라지만, 그 꽃은 맑고 깨끗하며, 향기는 멀리 퍼져 나가며 멀리 갈수록 더욱 맑아집니다.

화려하지 않지만 나이가 들수록 깊은 품격을 더하는 사람들이 있습니다. 미소는 부드럽고, 가슴은 따뜻하며, 겸손하며 약자들을 위해 공감하고 배려합니다.

세월을 이기지는 못하겠지만 '검소하되 누추하지 않고, 화려하되 사치스럽지 않은' 모습과 웃음기 가득한 얼굴로 늙어 가고 싶습니다.

"머리와 입으로 하는 사랑에는 향기가 없다. 진정한 사랑은 이해, 관용, 포용, 동화, 자기를 낮춤이 선행된다."

- 김수환 추기경

03. 길잡이 페로몬(*Pheromone*)과 앤트밀(*Antmil*) 현상

개미는 진사회성(眞社會性, Eusociality)을 가지고 있는 몇 안 되는 동물계에 속하는 곤충 중 하나이다.

개미들은 진사회성을 통해 공동의 주거지에서 생활하고, 집단에서 특정 개체가 자손을 낳고, 다른 개체들은 자식들을 공동으로 부양한다.

개미들은 작은 몸집에도 불구하고 놀라운 협력과 조직력을 보여준다. 개미는 집단으로 줄지어 이동할 때 '길잡이 페로몬'이라는 화학 신호를 이용한다.
먹이를 찾아 나선 개미는 발에 페로몬을 묻히고 다니며 길을 만들고, 다른 개미들은 이 페로몬을 따라 같은 길을 걷는다.
마치 길 위의 지도와 같은 역할을 하는 셈이다.

죽음의 춤, 앤트밀(Antmil) 현상.

군대개미의 길잡이 페로몬을 이용한 이동은 때로는 비극적인 결과를 낳기도 한다. 바로 '앤트밀(Antmil)' 현상이다.
앤트밀은 길잡이 페로몬을 통한 정보 교류의 오류로, 어떤 이유로 페로몬 신호가 잘못 전달되거나 혼란이 생기면서 발생하는데 특히,

선발대가 급하게 방향 전환을 하다가 중간 무리나 후발대를 앞의 무리로 착각하고 따라가게 되면서 일어난다.

시력이 멀쩡한 일반 개미들의 경우 잘못됨을 인지하고 금방 길을 찾지만 시력이 좋지 않은 군대개미는 뭔가 잘못되었다는 사실을 인지하지 못해 과로사(過勞死)나 아사(餓死)할 때까지 계속 그 자리를 돌다가 결국에는 죽는다.

그래서 '앤트밀 현상'은 죽음의 소용돌이라고 불린다.

'앤트밀 현상'은 인간 사회에서는 '집단 사고'라는 형태로 나타난다. 집단 사고는 특정 집단 내에서 개인의 판단과 사고가 억제되고, 집단의 의견이나 결정에 맹목적으로 따르는 현상을 의미한다. '집단 사고'는 언제든 사회적 갈등을 초래할 수 있다. 특정 그룹이나 이념에 속한 사람들이 다른 의견을 배제하고, 고정된 생각에 사로잡힐 때, 갈등과 분열이 발생하며 이는 종종 잘못된 결정을 초래하고, 집단 전체에 혼란과 부정적인 영향을 미칠 수 있다.

'앤트밀 현상'은 현대 사회의 정보 과부하와도 연결될 수 있다. 우리는 하루에도 수많은 정보에 노출되며, 그중 많은 정보가 비슷하거나 중복된 내용일 수 있으며 거짓된 정보에 에너지를 소모하기도 한다. 이러한 정보의 혼돈 속에서 우리는 진정으로 중요한 정보를 분별해 내기 어려워지며, 결국 잘못된 정보에 휘둘리게 될 위험이 있으며 이는 개미들이 반복적으로 원을 그리며 지쳐 가는 모습과 별반 다르지 않다.

'앤트밀 현상'은 우리에게 집단을 이끌고 목표 지점을 향해 나아가는 리더(Leader)의 중요성을 다시 한번 일깨워 준다.

많은 수의 무리를 이끌 리더는 길을 이끌 수 있는 능력, 빠른 판단력, 무리와의 협력과 소통이 필수적이다.

무능력한 리더가 길을 잘못 이끌거나 잘못 판단하면 무리는 혼란에 빠지면서 결국 공멸(共滅)한다.

혼란 속에서 모두가 길을 잃고 죽어 가는 '앤트밀 현상'을 사전에 방지하면서 목표하는 방향으로 나아갈 수 있는 리더만이 집단을 공멸(共滅)로부터 지킬 수 있다.

개미들은 철저한 협력과 소통을 통해 복잡한 사회 구조를 유지하지만, 잘못된 소통과 협력 부재는 혼란을 초래할 수 있다. 현시대를 살아가는 우리 인간 사회에서도 똑같이 적용된다. 지금 우리는 어느 것이 진실이고 어느 것이 거짓인지 구별하기 어려울 정도로 정보가 혼재되어 있는 정보의 혼돈 시대를 살아가고 있다.

정보의 혼돈은 우리가 현대 사회에서 마주하는 중요한 도전 과제 중 하나다. 이러한 혼돈 속에서 우리는 정보의 홍수에 휩쓸리지 않도록, 비판적인 사고와 신뢰할 수 있는 정보 출처를 찾는 노력이 필요하며, 정보의 혼돈을 극복하기 위해서 우리는 서로의 의견을 존중하고, 올바른 정보를 바탕으로 협력하며, 정확하고 신뢰할 수 있는 정보를 바탕으로 의사 결정을 내리는 것이 중요하다.

혼란스러운 세상일수록 집단의 잘못된 결정을 판단할 수 있는 독

립적인 사고와 비판적인 판단 그리고 참과 거짓을 구별하는 사람이 되어야 하며, 이성을 잃은 집단의 무리가 한 방향으로 계속 돌면서 벗어나지 못하고 있다면 지금 당장 그리고 과감하게 방향을 옮겨 그곳을 벗어나야 한다.

이것은 미천한 곤충인 개미가 만물의 영장인 인간에게 선물하는 깨달음이다.

04. 배니스터(*Bannister*) 효과

1954년 5월 6일, 로저 길버트 배니스터(Roger Gilbert Bannister)라는 한 영국의 젊은 의학도는 불가능하다고 여겨졌던 인간의 한계를 넘어섭니다.

그는 4분 안에 1마일(약 1.6㎞)을 달리는 데 성공했으며, 이는 당시로서는 경이로운 일이었습니다.

'배니스터 효과(Bannister Effect)'는 하나의 경계가 깨질 때, 그 후로 많은 사람이 그 경계를 넘어서게 되는 현상입니다.

배니스터의 목표를 향한 도전과 성취는 우리의 삶에서 중요한 길을 인도해 줍니다.

인간의 한계는 우리가 스스로 설정한 것일 뿐, 진정한 가능성은 그 너머에 있습니다.

배니스터가 1마일 4분 벽을 깨기 전까지, 이는 인간의 신체적 한계로 여겨졌고, 그 당시 수많은 과학자와 전문가 그리고 육상 선수는 이 벽을 깨는 것이 불가능하다고 믿었습니다.

그러나 배니스터는 이러한 한계를 극복하기 위해 끊임없이 도전했고 그의 노력이 인간의 한계를 넘어 결실을 맺는 순간, 다른 선수들도 이 한계를 넘을 수 있다는 큰 영감(靈感)과 자신감을 가지게 되었고, 이후로 많은 선수가 4분 벽을 넘는 기록을 세우게 되었습니다.

'배니스터 효과'는 바로 마음속의 두려움과 장벽을 허물고 새로운 가능성을 발견하는 것입니다.

나이테가 늘어날수록 새로운 것에 대한 불편함과 두려움을 동시에 느끼기에 스스로 자신의 한계를 설정하고, 그 안에서만 머무르려 합니다.

그러나 배니스터의 도전처럼, 자신을 믿고 끊임없이 노력하다 보면, 우리는 그 한계를 넘어설 수 있지만 당연히 쉽지만은 않은 일입니다. 그러나 중요한 것은 우리가 스스로 설정한 경계에 갇히지 않고, 더 큰 가능성을 향해 꾸준하게 나아가는 것입니다.

만약, 나 스스로가 배니스터와 같은 노력으로 모두가 예상하지 못한 결과를 이뤄 낸다면 주변 사람들에게도 큰 영향을 미칠 수 있습니다.

하나의 성취가 다른 사람들에게 영감을 주고, 그들 스스로가 설정한 자신의 한계에 도전하도록 만들 수 있습니다.

이는 스포츠뿐만 아니라 시험, 가족, 학문, 예술, 직장 등 다양한 분야에서도 적용됩니다.

우리는 서로의 성공과 도전을 통해 영감을 받고, 더 큰 성취를 이루기 위해 아직은 노력할 수 있는 시간과 기회가 충분히 남아 있습니다.

60이면 새로운 도전을 할 때가 아니고 인생을 정리할 때라고 말하는 이들도 분명히 존재하며, 목표를 이룬 사람들을 나와는 다른 종족이라고 에둘러 말하면서 회피하고 그들의 노력을 폄하할 수도 있지만 삶의 정답을 아는 이는 세상에 존재하지 않습니다.

나이 60이 넘어 자기 자신을 증명하기 위해 버킷리스트(Bucket list)

를 작성하고 정해진 목표를 위해 나무 의사를 공부하시는 분, 70살에 마라톤을 시작하고, 기타(Guitar)와 영어 공부를 시작하시는 분은 도전 그 자체만으로도 주변에 선한 영향력을 전달해 줍니다. 그리고 그 도전은 멋지고 아름답습니다.

나이 들어서 도전한다는 것은 성공과 실패에 대한 결과를 바라보는 것이 아니라 과정을 즐기는 것입니다.

또한 같은 목적으로 나아가는 이들과 교류하고 만나 서로 보듬고 격려해 준다면 이 또한 아름답습니다.

만약, 나이에 굴복하지 않고 불완전한 환경에서도 노력을 멈추지 않고 나아가는 사람이라면….

세상을 변화시킬 만큼 큰 영향을 주지 않더라도 당신은 '어른 나무'가 될 충분한 자격을 가진 사람입니다.

호박꽃의 꽃말은 '해독, 관대함, 포용, 사랑의 용기' 그리고 '마음은 아름답다'입니다.

호박꽃, 누구나 한 번쯤 길가나 텃밭에서 마주했을 흔하면서도 친근한 꽃이지만 그 모습은 누구나 다 눈길을 줄 만큼 아주 아름답거나 예쁘지는 않습니다.

작은 씨앗에서 시작된 호박은 척박한 흙 속에서 뿌리를 내리고 덩굴을 뻗고 나아가며 꽃을 피우고 수줍게 작은 열매를 맺습니다.

5월부터 피는 푸른 잎사귀 사이 잎겨드랑이에 달린 종 모양의 노란 꽃을 보면 화려하거나 요란하지는 않지만 겸손하고 강인합니다.

맑은 아침 햇살이 호박 넝쿨을 비추는 어느 날, 호박꽃을 찬찬히 보면 고운 노란빛에 자기를 찾아오는 벌과 나비들을 향해 넓게 꽃잎을 열고 벌과 나비가 꽃 속으로 들어가 쉽게 꿀을 모으도록 배려합니다.

호박꽃의 진정한 가치와 멋은 상대방을 배려하고 도움을 주는 '이타성'에 있습니다.

화려하고 아름다운 장미와 벚꽃도 다 저마다의 역할이 있습니다. 세상 모든 꽃이 다 아름답고 화려한 장미나 벚꽃과 같은 역할을 할 필요는 없습니다.

그저 자기 자리에서 묵묵히 자기 역할을 충실히 해내면 그만입니다.

호박꽃이 수정되면 햇볕과 비를 먹고 무럭무럭 자라 탐스러운 열매를 맺습니다.

젊을 때는 녹색으로 자라며 성숙해지면 노란색으로 제 몸 색을 바꾸며 그 역할도 바꿉니다.

늙은 호박은 껍질이 딱딱해 속이 꽉 찬 것 같지만 몸속은 씨앗을 담은 부분 외에는 다 비어 있고 그 공간에는 다른 것으로 채울 수 있는 여유가 있습니다.

길가에서 흔하게 덩굴을 만들며 자라는 호박은 젊을 때나 늙었을 때나 사람들을 위해 자기 몸을 기꺼이 내어 주며 희생합니다.

나는 다른 사람들에게 장미꽃이나 벚꽃처럼 보아 달라고 그리 아름답지 않은 내 겉모습을 입으로만 멋 내고 꾸미지는 않았던가?

나는 마음속으로 들어오려는 주변인들을 향해 넓게 맘의 문을 열어 주고 배려한 적이 있었던가?

나는 욕심과 이기심으로 가득 채우기만 했지, 빈 공간에 다른 것을 채울 여유를 갖고 있었던가?

6월 어느 날, 길가의 호박꽃을 가만히 들여다보며 흘러온 시간에 대한 성찰과 남아 있는 시간에 대한 기대 그리고 진정으로 원하는 나의 삶에 대해 생각해 봅니다.

06. 크레이지 호스 메모리얼
(*Crazy Horse Memorial*)

"나는 미국 영웅들의 얼굴을 조각했다.

그리고 한 인디언으로부터 편지를 받았다.

자신들에게도 영웅이 있음을 알아달라고.

1948년 6월 3일, 나의 첫 망치질이 시작됐다.

나는 인디언 후원자가 아니다.

단지 진실을 전하는 돌 속의 이야기꾼일 뿐이다.

미래를 위해 오늘을 살리려면 과거의 분별력이 있어야 한다."

- 코르작 지올콥스키(Korczak Ziółkowski)

크레이지 호스(Crazy Horse): 자유와 저항의 상징.

나는 어릴 적 주말 늦은 밤에 TV로 방송되었던 서부 시대를 배경으로 한 영화를 늘 기다렸다.

그 시대 백인들의 모든 것은 최고의 가치였다.

백인들이 정의를 지키기 위해 인디언들과 상대하여 멋지게 승리하는 모습은 내 마음속의 영웅으로 자리 잡았고, 배경 음악이 나오면 묘한 흥분감에 가슴이 웅장해지기도 했다. 그 영화를 보던 어린 시절 인디언들은 자유와 평화를 원하는 백인들을 공격하는 잔인하고도 미개한 민족이라는 확신이 내 머릿속을 지배하고 있었다. 그들에게 문화는 존재하지 않으며 오직 버펄로만을 사냥하는 하찮은 민족이라고 생각했다. 세월이 흐른 후 좀 더 이성적인 사람이 되기까지 영화의 내용을 기정사실로 받아들일 정도로 난 강하게 세뇌(洗腦)되어 있었다.

반복적인 세뇌(洗腦)는 이성을 마비시키고, 자신만의 고집(固執)과 아집(我執)을 갖게 만든다.

나는 세월이 지난 후에야 인디언들이 그 땅의 주인이며, 지혜롭게 대자연과 깊은 조화를 이루며 살아온 역사적인 민족임을 깨달았다.

유럽의 백인들이 아메리카 대륙에 도착하면서 인디언들의 삶은 급격하게 변하게 되었고, 그들은 강제로 자신의 땅에서 쫓겨나야 했고, 수많은 인디언이 전쟁과 병으로 목숨을 잃었다.

백인들은 사우스다코타(South Dakota)주 블랙 힐스(Black Hills)의 거대한 바위에 미국 역사를 이끈 4명의 백인 미국 대통령인 조지 워싱턴, 토머스 제퍼슨, 에이브러햄 링컨, 시어도어 루스벨트의 얼굴을 조각해 최종적 정복자임을 인디언들의 땅 위에 새겼다.

크레이지 호스, 토시카 우트테(Tȟašúŋke Witkó)로도 알려진 라코타 수족의 저항을 이끌며 미국 서부 역사에 깊은 흔적을 남긴 인물이다.

그의 삶은 자기의 땅과 부족을 지키고 자유를 위한 끝없는 투쟁의 연속이었으며, 그는 강인한 정신과 굳은 신념을 가진 위대한 전사다.

크레이지 호스는 어린 시절부터 라코타 수족의 전통과 자연 속에서 자랐고, 자연과 하나가 되는 법을 배우며, 라코타 수족의 문화를 지키고자 하는 마음을 키웠다.

그는 어린 나이부터 전사의 자질을 보였고, 그의 용맹함과 비범함은 주변 사람들에게 깊은 인상을 남겼다.

크레이지 호스는 결코 자신의 부족을 배신하지 않았고, 그들의 자유를 지키기 위해 모든 것을 걸었다.

그의 삶은 자유를 지키기 위한 수많은 전투와 싸움으로 점철(點綴)되어 있으며, 그중에서도 1876년 리틀 빅혼(Little Bighorn) 전투는 그의 용맹함을 상징하는 대표적인 역사적 사건이다.

이 전투에서 크레이지 호스는 조지 암스트롱 커스터 중령의 군대를 대파하며, 미국 정부의 강제 이주 정책에 맞서 싸웠다. 이 승리는 라코타 수족과 그들의 동맹 부족들에게 큰 희망과 자부심을 안겨 주었고, 마침내 크레이지 호스는 그들의 영웅으로 자리 잡게 되었다.

크레이지 호스의 전투는 단지 물리적인 싸움에 국한되지 않았으며 그는 라코타 수족의 정신 그리고 자신들의 땅과 전통을 후대에 전하기 위해 헌신했다.

그의 삶은 단순히 전쟁터를 떠도는 전사의 삶을 넘어, 지도자로서의 책임과 역할을 보여 주었다. 그리고 부족들에게 용기와 희망을 주며, 그들이 자신들의 문화를 지키고 존중할 수 있도록 이끌었다.

하지만 그의 삶은 안타깝게도 비극적으로 마무리되었다.

1877년, 크레이지 호스는 약속을 어긴 백인들의 배신에 의해 체포되었고, 결국 암살당하지만 그의 정신과 유산은 그 자리를 떠나지 않고 여전히 살아 숨 쉰다.

'크레이지 호스'는 백인들의 배신으로 비참한 최후를 맞이했지만 자유를 억압하는 백인들과 맞서 끝까지 싸우는 용사(勇士)의 모습과 자유의 상징으로 남아 있으며, 전설 같은 그의 삶은 오늘날에도 우리에게 힘없는 민족은 모든 것을 다 빼앗긴다는 슬픈 교훈을 전해 준다.

사우스다코타주 블랙 힐스의 러시모어산에 새겨진 4명의 백인 대통령 조각상에서 약 27㎞ 떨어진 거리에 위치한 거대한 돌산에 크레이지 호스의 조각상이 1948년 폴란드의 조각가 '코르작 지올콥스키'에 의해 시작되어 오늘까지도 그의 가족에 의해 계속되고 있다.

이 조각상이 완성되기까지 아직도 수많은 시간이 필요하지만, 그의 정신이 함축된 조각상은 그 존재 자체로도 이미 하나의 위대한 예술 작품이자 역사적 유산으로 자리 잡고 있다. 위대한 영웅은 결코 죽지도 사라지지도 않고 사람들의 가슴속에 영원히 살아서 정신을 전하고 역사의 진실을 말한다.

이전에 나는 인디언과 '크레이지 호스'의 삶과 정신을 미처 알지 못했으며 오랜 시간 정복자들의 역사에 세뇌(洗腦)되어 있었다. 진실을 거부하고 외면한 채 거짓을 믿고 동경(憧憬)한 나의 무지가 참 웃기지만 슬프다.

'크레이지 호스'의 조각 모형 아래에는 백인들의 조롱 섞인 질문, "네 땅이 어디 있느냐(Where is your land)?"에 대답한 '크레이지 호스'의 말이 새겨져 있다.

"나의 땅은 내가 죽어 묻힌 곳이다(My lands are where my dead lie buried)."

"과거를 잊은 민족에게는 미래가 없다(A nation that forgets its past has no future)."

- 윈스턴 처칠(Winston Churchill)

07. 때죽나무의 경고(警告)

11월 숲에 핀 때죽나무꽃

때죽나무는 5~6월경 가지 끝이나 엽액(葉腋, 잎겨드랑이)에서 넓은 종 모양의 백색 꽃을 피워 내 숲속의 아름다움을 완성하는 낙엽활엽의 소교목(높이 7~8m)이다.

11월 말 숲속을 걷다가 얌전한 자태로 자랑하듯 순백색의 꽃을 피운 때죽나무 만났다.

반갑기도 하고 안타깝기도 해서 한참을 서서 잎도 보고, 꽃도 살펴보고 향기도 맡아 보니 흰색 꽃이 참 어여쁘기도 하다.

올해, 때죽나무는 5월에도 꽃을 피우고 다시 11월 말에도 꽃을 피웠다. 사람으로 비유하면 1년에 두 번의 산고(産苦)를 겪은 것이다. 제때를 맞춰 피워 내야 하는데 혼란스럽게 꽃을 피우니 참으로 힘들고 고통스러웠을 것이다.

나무는 자기의 몸을 키우는(잎, 줄기 등) 영양생장과 새로운 번식체(꽃, 열매 등)를 생산하는 생식생장을 한다. 대부분의 수목은 이 두 생장이 경쟁을 하며, 생식생장이 영양생장을 억제한다. 종족 번식이 우선적으로 중요하기 때문이다.

1년에 두 번의 개화(開花)는 영양생장에 영향을 주어 나무의 생장이 저하된다.

2022년 말에 조사한 결과 울진, 봉화 지역의 금강송 6,025그루가 소나무재선충(시들음)병과 겨울철 온난화와 폭설, 봄철 가뭄 등의 기후변화로 집단 고사했다.

기후변화, 우리 시대의 초상.

'기후(氣候, Climate)'의 사전적 정의는 특정 장소에서 해마다 되풀이되는 보편적인 대기의 종합적인 상태를 의미한다.

기후변화가 인간들의 욕망 탓인지 아니면 기술의 발전과 진보의 결과물인지는 정확하게 알 수 없지만 확실히 몇십 년 사이에 기후가 크게 변한 것만은 확실하다.

최근에 반복되는 여름철의 무더위와 긴 열대야, 갑작스러운 집중호우는 우리가 생활하는 지역에도 기후변화가 빠르게 진행되고 있음을 확실하게 증명해 준다.

지구의 기후변화가 산업혁명 이후의 인간에 의한 온실가스 배출량의 증가 때문인지는 학자들 간에도 의견이 달라 확정할 수는 없지만, 그동안의 데이터를 분석해 보면 어느 정도 역할을 한 것만은 확실하다.

기후는 사람들의 영역이라고 보기에는, 인간은 자연의 변화를 이겨 내기에는 너무 나약하고 부족한 존재이다.

북극의 얼음이 빠르게 녹아내리고, 해수면이 상승하는 현상, 여름철 긴 장마, 고온, 열대야, 태풍 앞에서 인간은 한없이 무능한 방어자일 뿐이다.

가뭄이 오래 지속되면 인간이 할 수 있는 행위가 기우제(祈雨祭) 말고 무엇이 있는가?

예로부터 기후는 사람의 영역이 아니라 신(神)의 영역이다.

기후변화는 단순히 날씨의 변동이 아닌, 지구 생태계와 우리의 삶에 깊은 영향을 미치는 중요한 문제이다.

수목의 '생장 한계선'은 고위도로 북상해 앞으로 사과 재배의 경우 강원도 일부에서만 재배가 가능하리라 예측하고, 노지(露地, 땅)에서의 농작물 재배가 점점 불가능해지고 있으며, 수목의 개화 시기 변화에 따라 꿀벌의 활동 시기 역시 변화하고 있다.

조선시대 임진왜란과 병자호란이라는 전쟁에 뒤지지 않는 사건이 '경신 대기근(庚辛 大飢饉)'이다.

이는 조선 현종 재위 기간인 1670년(경술년)과 1671년(신해년)에 있었던 대기근으로 한국 역사상 전대미문(前代未聞)의 기아(飢餓) 사태였으며, 그 결과는 슬프고도 파멸적이었다.

조선 땅 전체의 흉작(凶作)으로 당시 조선 인구 1200~1400만 명 중

약 최소 15만에서 최대 85만 명이 기아로 사망하는 피해를 입었다. 경신 대기근은 17세기의 범세계적 기후변화인 소빙하기의 영향으로 지진, 냉해(冷害), 가뭄, 홍수, 기후변화에 따른 병해충의 대발생이 가장 중요한 요인으로 추측한다. 현재에도 기후변화에 제대로 대응하기가 거의 불가능한데 조선시대에는 더욱더 불가능했을 것이다.

기후는 인간의 힘으로는 조정이나 완벽한 대처가 불가능한 자연의 복합적인 변화 과정이다.

즉, 신의 영역 범위에서 크게 벗어나지 않으며, 역사는 대부분 반복된다는 것을 우리는 경험을 통해 알고 있다.

자연의 조화(造化) 앞에 나약한 우리는 '경신 대기근'과 같은 불행을 막아 내기 위해서 당장 기후변화 대응(對應)과 적응(適應)을 빠르게 시작하고 적용해야 한다.

가장 우선적으로는 대응과 적응을 위한 다양한 분야의 젊은 인재들을 확보하고 교육하여 전문가를 양성해야 하며, 그 전문가들이 다른 국가와 다양한 교류와 협력을 통해 정보를 확보하고 국내에 빠르게 적용하는 노력을 시작해야 한다.

온실가스의 배출을 감소시키기 위해서 '탄소의 저장 및 포집(Carbon Capture and Storage, CCS)' 기술에 대해 지속적인 연구와 더불어 기술 개발을 빠르게 진행해야 하며, 도시 내 녹지 면적을 확보하고, 기존의 노지 농사법을 개선하고, 기후변화에 적응하는 품종을 개발하며, 갑작스러운 강수에 대비하는 수리(水理) 시설을 정비, 개선해야 하며 바다의 블루카본(Blue Carbon)에 대한 보존과 연구가 하루라도 빠르게 진행되어야 한다.

이 외에도 기후변화의 대응과 적응을 위해 당장 진행해야 할 일들은 수없이 존재함을 인식해야 한다.

기후변화의 대응·적응은 사회의 모든 분야에 적용하고 빠르게 시작하여 지속 가능하게 진행되어야 한다.

국가 주도의 다양한 프로그램으로 기후변화에 대한 준비가 필요하다.

개인적으로는 '기후변화청'이 만들어져 법 정비와 행정이 일원화된다면 혼선(混線) 없이 빠르게 진행될 수 있지 않을까 생각한다.

자전거로 출근하고, 전기 절약을 홍보하는 것만으로는 변화하는 기후에 대처하기에 너무 부족하다.

기후변화는 지금도 진행형이다. 늦은 감이 있지만 지금이라도 준비하지 않으면 다음 세대에서는 감당하기 힘들 정도의 재앙이 될 것이 확실하다. 다음 세대를 위해 기성세대가 할 수 있는 몇 가지 일 중 가장 중요하다.

온실가스의 유일한 흡수원으로 숲속, 공원, 가로수에 서 있는 나무들은 기후변화에 신음하며 사계절 내내 우리에게 몸의 전조증상(前兆症狀)을 통해 경고한다.

숲속의 때죽나무는 늦은 가을 힘겹게 꽃을 피워 내 우리에게 전할 말이 있는 듯하다.

"자연과 공존하지 않으면 재앙은 더 빠르게 찾아온다고…."

08. 프리다 칼로, 「*Viva la Vida*」

프리다 칼로의 「Viva la Vida(인생이여 만세)」, 고통 속에서 피어난 삶의 찬가….

'프리다 칼로 드 리베라(Frida Kahlo de Rivera, 1907년 7월 6일~1954년 7월 13일)'는 47년의 짧은 생을 살다 간 멕시코를 대표하는 초현실주의 화가로 그녀의 작품은 삶이 투영된 고통과 열정, 그리고 사랑으로 가득 차 있습니다.

'프리다 칼로(Frida Kahlo)', 미술에 대해 문외한인 제가 그녀의 이름을 처음 알게 된 것은 그녀의 일생을 조명한 어느 다큐멘터리 프로였습니다. 그녀의 미술 세계를 잘 알지는 못하지만 그녀의 삶이 궁금해 방송을 다시 보고 논문 몇 편을 찾아 읽었습니다.

그녀의 작품 중 가장 먼저 떠오르는 것은 강렬한 색채와 독특한 스타일의 자화상일 것입니다.
그녀의 작품과 삶은 단순한 미적 표현을 넘어, 고통과 삶에 대한 깊은 철학을 담고 있습니다.

그녀의 작품은 고통, 사랑, 정체성, 그리고 문화적 요소를 깊이 있게 다룹니다.
어린 시절의 소아마비와 성인이 되어 겪은 교통사고는 그녀에게 심각한 신체적 고통을 안겨 주었지만, 그녀는 이러한 고통을 예술로 승화시켰습니다.

그녀의 그림은 자신이 겪은 고통을 고백하는 동시에, 그 고통 속에서도 삶을 찬양하는 메시지를 담고 있습니다.

특히 그녀의 마지막 작품 중 하나인 「Viva la Vida」는 그녀의 삶과 예술, 그리고 삶의 고난 속에서도 희망을 잃지 않으려는 강인한 의지가 느껴집니다.

「Viva la Vida」는 그녀의 삶을 대변하는 마지막 작품이며 잘 익은 수박이 주제입니다.

수박의 선명한 붉은색과 푸른 껍질은 생명의 활력을 상징합니다. 언제부터인지는 모르지만 우리에게 수박을 표현한다는 것은 부정적인 이미지가 강하지만 칼로의 조국인 멕시코에서는 생명과 축복을 상징하는 과일로, 프리다 칼로는 이를 통해 고통 속에서도 삶을 사랑하고, 찬양하는 마음을 표현했습니다.

특히 맨 아래 수박 한쪽에 적힌 "Viva la Vida."라는 문구는 삶에 대한 그녀의 태도를 상징하는 글귀입니다.

그녀는 기찻길처럼 길게 이어진 삶의 고통에서 자신의 삶을 결코 포기하지 않았고, 오히려 그 고난 속에서 더 큰 예술적 영감을 얻었습니다.

그녀는 육체적 고통에도 불구하고 삶의 아름다움과 의미를 발견하며, 그 속에서 예술적 영감을 얻었습니다.

이는 그녀가 인생을 바라보는 방식과 삶에 대한 철학을 잘 보여 줍니다. 프리다는 고통 속에서도 삶을 사랑했고, 그 사랑은 그녀의 예술 속에서 영원히 빛나고 있습니다.

우리의 삶도 때로 고통스럽고 힘들 수 있습니다. 큰 병(病), 사업의 실패, 오랜 기간 준비한 시험에서의 불합격으로 희망은 땅바닥을 뒹굴고 앞이 보이지 않는 긴 터널에 갇혀 전혀 움직이지 못하는 때가 있습니다.

그래도 살아 있는 한 그 속에서도 한 줄기 희망을 찾고 삶을 찬양할 수 있는 용기가 필요합니다.
아마도 그녀는 마지막 작품인 「Viva la Vida」를 통해 우리에게 삶에 대한 희망의 메시지를 전하고자 한 듯합니다.

암과의 사투(死鬪)는 어렵습니다.
검사 후에 전해 듣는 각종 수치, 전이에 대한 두려움, 가족에 대한 미안함, 미래에 대한 걱정으로 수술 후에도, 항암 중에도 마음은 늘 무겁습니다.
불안은 더 불안하게 만들고 걱정은 계속해서 새로운 걱정을 만들어 냅니다.

단 한 번뿐인 인생입니다.
웃음이 나오지 않아도 억지로 웃고, 아주 작은 희망에도 기대를 걸어야 합니다.
아침 햇살에도 감사하고, 작은 화분 안에서 겨울을 이겨 내고 수줍게 꽃을 피운 작은 식물들에게도 감사하면서 하루를 견디다 보면 시간은 자연스레 흘러갑니다.

오늘도 수술과 항암의 고통을 견뎌 내며 암과 치열하게 싸우고 있는 암 환우(患友)분들께 작은 용기와 희망을 전하고 싶습니다.

몸에 60개 정도의 나이테가 만들어지니 오래된 것들이 편하고 좋습니다.

오래 사용해 한쪽 귀가 얇게 닳은 붉은색 지갑도 좋고, 색이 바래고 끈이 축 늘어진 내 서류 가방이 좋고, 비 오는 날 빗소리가 지붕을 때리는 허접한 목로주점에서 신김치와 막걸리 한잔을 같이 나눌 수 있는 오래된 친구가 좋습니다.

내게 새것들은 손에 익지 않아 불편합니다.
키오스크(Kiosk)가 설치된 식당, 카페, 은행 등이 불편해서 사람들이 직접 서비스해 주는 곳을 먼 길이어도 찾아갑니다.
새로운 사람들을 만나고 사귀는 것도 불편합니다.
수컷들은 새로 무리를 이루게 되면 먼저 내게 도움이 될 사람인지를 파악하고 서열을 정하고, 형님 아우가 되는 이런 불필요한 과정을 거치는데, 이젠 불편합니다.

세월은 무심히도 지나가고 세상은 빛의 속도로 변하면서 모든 생활이 편리해진다는데 나만은 세월을 되짚어가고 있는 느낌이 듭니다. 안타깝지만 몸의 움직임을 줄이고, 행동반경도 줄이고 문밖 시간을 줄입니다.
세상이 변하는 폭만큼 빠르게 따라가지 못하는 현실에 직면하게 되니 새로운 것들이 더욱더 두렵고 불편합니다. 그래서 내게 익숙한 것에 머물고자 새로운 것에 맘을 닫고 지냅니다.

이젠 오랜 시간을 같이 지낸 친구들도 하나둘씩 떠나고 밤새워 마신 술에 쓰린 속을 해장해 주던 장칼국숫집도 이젠 문을 닫았고, 노부부가 큰 소리로 주문을 받던 오랜 간판의 동네 중국집도 이제 더 이상 문을 열지 않습니다. 세상에 영원한 것은 없는 듯합니다.

늘 그렇듯 이별은 힘이 들고 미련이 남겠지만 남은 삶 동안 덜 힘들기 위해서는 오늘부터 오래된 것들과 조금씩 이별하는 연습을 할 생각입니다.

나무가 새로운 잎을 틔우기 위해 낡은 잎을 떨어뜨리는 것과 같이….

솔뫼성지에서의 성찰, 솔잎 향기 가득한 영혼의 순례길.

솔뫼는 '소나무가 우거진 산'이라는 뜻으로, 당진시 우강면에 있는 천주교 성지로 서산 해미 성지와 더불어 한국 가톨릭교회의 중요한 성지 중 하나입니다.

이곳은 한국 최초의 신부인 김대건 안드레아 신부의 출생지로, 그의 신앙과 희생정신을 기리기 위한 곳입니다.

넓은 주차장에서 걸어 나오면 성지 입구 우측으로 보이는 성당은 웅장한 외관과 고요한 아름다움을 자랑합니다.

솔뫼성지에 들어서자마자, 고요하고 평화로운 분위기가 저를 반겨줍니다. 울창한 소나무 숲속에서 불어오는 상쾌한 바람은 마치 자연이 제 마음을 어루만지는 듯한 느낌을 주고 이곳에서 느껴지는 고요함은 일상의 번잡함에서 벗어나 마음의 쉼을 찾기에 충분합니다.

김대건 신부의 생가에 들어서는 순간, 엄숙한 기분이 들었습니다. 작은 기와집이지만, 그 안에는 신앙의 숭고함과 그분의 굳건한 신념과 용기, 그리고 새로운 길에 대한 도전의 시작점이 느껴집니다.

젊은 청년은 어려운 시대 속에서 신앙을 지키기 위해 헌신하였고, 결국 순교로 그 신앙을 완성하였습니다.

성지 안에는 제멋대로 생긴 소나무들이 모여 내는 향기로 가득합니다. 비종교인 저에게 무슨 의미인지 알 수 없는 입상(立像)들이 곳곳에 서 있습니다.

모여 있는 소나무 틈 사이로 빛이 내려와 입상을 비추고 그늘과 빛의 경계선쯤에도 입상이 서 있습니다.

소나무와 입상들 사이를 걸으면서 제 감정이 점점 이상해졌습니다. 처음 느껴 보는 감정들입니다.

어느 산사(山寺)에서 느꼈던 감정과는 또 다른 느낌입니다.

약간 벅차오르기도 하고, 슬프기도 하고, 경건해지기도 하는….

복잡 미묘한 감정이 가슴을 가득 채웠습니다.

도대체 이 미묘한 감정은 뭐지?

밖으로 나와 의자에 걸터앉아 처음 느낀 감정들에 대해 곰곰이 생각해 보니 비종교인인 저의 마음이 정화되어 평화로워진 것이 느껴집니다.

세상을 살다 보면 마음이 더럽혀지는 것은 어쩔 수 없습니다. 욕심과 욕망으로 마음이 가득 차 능력 밖의 일에 손을 대기도 하고, 이기심과 질투심에 영악해지기도 하며, 책임을 지지 않으려 남을 속이기도 합니다.

가끔은, 아주 가끔은 새로운 곳을 찾아 욕망에 찌든 내 더럽혀진 맘을 깨끗이 닦아 낸다면 하루 정도는 내 마음이 온전히 편해짐을 느낄 수 있게 됩니다.

나에게 '솔뫼성지'는 고요한 자연 속에서 자신을 돌아보고, 신앙의 의미를 느끼며 마음의 안정을 찾을 수 있는 곳입니다.

빛이 비치는 소나무와 입상 사이를 거닐며 자연의 아름다움과 조화를 느끼는 순간, 일상에서 벗어나 내면의 평화를 찾게 됩니다.

"숲속 깊은 곳에는 길이 존재하지 않지만, 그곳에 용기 있는 누군가가 발걸음을 옮기면 새로운 길이 생겨납니다."

- 醉於樹人 이수호

삶의 모든 시간은 소중하며 지나온 시간 중 결코 '헛된 시간'은 존재하지 않습니다.

흐르는 강물은 인생의 많은 것을 떠올리게 합니다.

강물은 한순간도 멈추지 않고 끊임없이 흐르며, 그 길을 만들어 갑니다.

그 과정에서 많은 것을 만나고, 때로는 장애물에 부딪히기도 하지만, 결국에는 바다로 향해 나아갑니다.

흐르는 강물은 높은 곳인 여울(Riffle)과 낮은 곳인 소(沼, Pool)를 만들고 모래와 흙을 퇴적시켜 새롭게 지형과 공간을 창조합니다. 거침없이 흐르다 거대한 암석을 만나면 그를 피해서 새로운 길을 찾고, 때로는 오랜 시간 그 암석을 깎아 내며 자신만의 길을 만들어 냅니다.

인생의 여정도 시간의 변화에 따라 여울과 소를 만듭니다.

성공으로 기쁘고, 사랑하며 행복한 날도 있고, 실패로 힘들고 슬프며 이별하는 날도 존재합니다.

극한의 상황에 부딪혔을 때, 우리는 그 상황을 피해 새로운 길을 찾거나 때로는 그것을 이겨 내며 새로운 길을 찾아갑니다.

강물은 그저 흐르는 물이 아니라, 삶의 여정입니다.

강물은 언제나 자신만의 길을 찾아가며, 그 어떤 상황에서도 흐름을 멈추지 않았습니다.

때로는 거친 물살이 되어 빠른 속도로 퇴적물을 쌓아 가며 흐르고, 때로는 잔잔한 물결이 되어 소리 없이 자연의 모든 것을 포용하며 유유히 흘러갑니다.

젊은 시절, 한때는 빠르게 흘러가 바다에 닿고 싶었습니다.

그것이 삶의 목표이며, 최고의 가치(價値)라 믿었습니다.

오늘은 흐르는 강물을 보며, 나 스스로에게 묻습니다.

"나는 지금 흐른 시간만큼 성숙해져 옳은 방향으로 흘러가고 있는가?"

삶은 오늘도 무심하게 흘러 여울과 소를 만들고, 갑자기 큰 폭포를 만나 낙하하며 내 뜻과 전혀 다른 예상하지 못한 방향으로 이동해 다양한 변화 속을 헤매기도 하고 바위에 부딪혀 속도가 줄어들고 뒤돌아서 흐르기도 하지만 속도보다는 방향을 바라보면서 담담하게 나아갑니다.

흐르는 강물처럼….

"인생은 계획대로 되지 않는다. 그러나 그것이 반드시 나쁜 것만은 아니다."

12. 꿀벌과의 공존, 밀원 정원

'꿀벌'은 벌목 꿀벌과의 곤충이다.

몸은 주로 노란색과 검은색 줄무늬로 이루어져 있고 작고 둥근 몸집과 짧은 다리, 투명한 날개 등 귀여운 외모를 가지고 있으며 벌집 내에서 하나의 꿀벌 집단을 이루고 공동생활을 한다. 벌집은 수천 마리의 꿀벌이 함께 생활하는 작은 사회로, 여왕벌, 일벌, 수벌로 구성되며 각자의 역할을 충실하게 하며 공동체를 위해 희생하고 그 사회를 유지해 간다.

'꿀벌'들은 식물의 꽃가루를 옮기며 수정을 돕는 중요한 역할을 한다. 그들의 부지런한 활동 덕분에 우리는 다양한 과일과 각종 채소를 얻을 수 있으며, 인간에게 꿀과 로열젤리, 화분이라는 소중한 건강 보조 식품을 제공한다.

‘꿀벌’들은 단순히 꿀만을 만드는 것을 넘어서, 식물의 생명과 번영에 필수적인 존재이며 자연 생태계의 건강을 지속적으로 유지해 주는 고마운 곤충이다.

　조용한 아침, 들판을 가로지르며 자연스러운 율동과 음악을 연주하는 듯한 날갯짓을 하며 날아다니는 ‘꿀벌’들의 부지런한 모습은 환경오염, 농약 사용, 기후변화, 서식지의 감소와 농업 생산성을 높이기 위해 동일한 작물을 대규모로 재배하는 방식인 ‘모노컬처(Monoculture, 단작)’ 등 다양한 원인으로 인해 급격히 감소하고 있다. 인간의 끝없는 욕망으로 인해 그들의 멸종은 우려가 아닌 현실로 다가오고 있다. 이 작은 생명체들의 멸종은 단순히 벌이 사라지는 것이 아닌, 우리 생태계와 인간의 삶에 대한 심각한 경고를 의미한다.

　특히, ‘모노컬처(Monoculture)’는 ‘꿀벌’들뿐만 아니라 전체 생태계에도 악영향을 미친다. 다양한 식물이 존재하는 환경에서는 여러 생물이 각기 다른 방식으로 공존하며, 이는 생태계의 건강을 유지하는 데 중요한 역할을 한다. 그러나 단일 작물이 주를 이루는 환경에서는 이러한 생물 다양성이 사라지며, 생태계의 균형이 무너질 위험이 크다. 결국, ‘꿀벌’들의 위기와 모노컬처는 우리 사회 모두가 고민해야 할 문제이다.

　이 작은 생명체들의 헌신적인 노력 덕분에 우리는 풍요로운 식문화와 건강한 자연을 누릴 수 있음을 잊지 말아야 한다.

　‘꿀벌’들의 역할에 감사하며, 그들을 보호하기 위해 이제는 인간의 일부 공간을 아낌없이 내주어 공생을 도모해야 한다.

가장 간단하면서도 효과적인 방법 중 하나는 바로 '밀원 정원'을 조성하고 가꾸는 것이다. 밀원 정원은 '꿀벌'이 좋아하는 유채꽃, 라벤더, 해바라기, 칠엽수, 싸리 등 좋은 질의 많은 꿀과 화분 생산이 가능하고 개화 기간이 긴 다양한 꽃과 식물을 심어 '꿀벌'에게 먹이를 제공하고 자연스러운 서식지를 조성해 주는 공간이다. 아파트 베란다, 작은 마당, 도시의 빈 공간, 도시 숲의 가장자리, 공원 등 어디든 밀원 정원을 만들 수 있다. 밀원 정원을 가꾸는 것은 단순히 '꿀벌'을 위한 일을 넘어 우리 인간을 위한 일이기도 하다. '꿀벌'이 만들어 내는 꿀은 건강을 위해 사용할 수 있으며 꿀을 이용하는 식품, 화장품, 의약품 및 건강 보조 식품 산업에서도 꿀의 활용 가치는 높다. 밀원식물의 아름다운 꽃들은 우리에게 시각적인 즐거움을 선사하고 도시의 경관을 밝고 아름답게 바꿀 수 있다. 또한, 밀원 정원 가꾸기를 통해 자연과 더불어 살아가는 삶의 의미를 되새길 수 있다.

'꿀벌'과 인간의 공존은 우리 모두의 생존과 번영을 위한 작은 배려와 노력이다. 이 작은 생명체들의 헌신적인 노력 덕분에 우리는 삶을 자연스럽게 유지한다. 이제 우리는 그들에게 대한 감사와 더불어 작은 공간들을 지속적으로 조성하고 가꿔 그들을 불러 모아야 한다. 그들의 작은 날갯짓이 자연과 인간의 조화로운 공존을 위한 중요한 연결 고리임을 잊지 말아야 한다.

"꿀벌이 사라지면 4년 내로 인간은 멸종한다."

- 알베르트 아인슈타인(Albert Einstein)

13. 배구, 리베로(*Libero*)

배구에서 리베로(Libero)는 수비 전문 포지션을 말합니다.

배구는 단순하게 점프하고 스파이크만을 하는 스포츠가 아니라 각 포지션을 바탕으로 선수 간의 신뢰와 팀워크를 바탕으로 순간의 결단력을 시험하는 스포츠입니다.

배구 경기에서 리베로(Libero)는 세터처럼 공격을 조율하거나 아포짓 스파이커나 아웃사이드 히터처럼 공격을 주도하지 않아 화려한 플레이를 하는 포지션은 아니지만 팀의 수비를 강화하고 안정감을 주는 역할을 맡습니다.
이들은 매끄러운 경기 흐름과 강력한 공격의 밑바탕이 되며, 팀의 성공을 위해 희생하고 헌신하는 모습을 보여 줍니다.

리베로 포지션은 경기의 수비력을 강화하고, 랠리(Rally)를 길게 이어 가며 더욱 흥미진진한 경기를 만들기 위해 1998년 국제배구연맹(FIVB)에 의해 도입되었습니다.
리베로는 다른 포지션과 달리 특정한 유니폼을 입고, 후위에서만 플레이를 할 수 있으며, 공격적인 역할을 제한받지만, 그 대신 수비와 리시브에서 전문성을 발휘합니다.

리베로는 경기에서 상대 팀의 강한 서브와 스파이크를 받아 냅니다. 이들은 빠른 반사 신경과 민첩한 몸놀림으로 상대의 공격을 정확하게 받아 내며, 희생을 통해 팀의 공격 기회를 만들어 줍니다.

리베로의 정확한 리시브는 세터에게 안정적인 토스를 제공하고, 이는 팀의 공격 성공률을 높이는 중요한 요소가 됩니다. 또한, 리베로는 팀의 수비 조직을 담당합니다. 경기 중 상대의 공격 패턴을 분석하고, 동료들에게 위치와 수비 전략을 지시하며, 전체적인 수비의 흐름을 조율합니다.

리베로의 안정적인 수비력은 팀에 큰 신뢰감을 주고, 선수들이 공격에 더욱 집중할 수 있도록 돕습니다.

리베로의 역할은 종종 스포트라이트를 받지 못하지만, 그들이 없이는 팀의 승리를 장담할 수 없습니다.

이들은 항상 최전선에서 상대의 강한 공격을 막아 내며, 팀을 위해 헌신적으로 플레이합니다. 때로는 몸을 던져 볼을 받아 내기도 하며, 끊임없는 움직임과 집중력을 요구받습니다. 이들의 헌신은 팀의 전체적인 경기력 향상에 큰 기여를 합니다. 리베로가 경기장에서 보여 주는 안정감과 신뢰는 팀원들에게 큰 힘이 되며, 팀 전체가 하나로 뭉쳐 승리를 향해 나아갈 수 있도록 만듭니다.

리베로는 보이지 않는 곳에서 묵묵히 자신의 역할을 다하는 팀의 숨은 영웅입니다.

배구의 리베로처럼 우리 사회도 보이지 않는 분들의 헌신과 노력 덕분에 원활하게 돌아갈 수 있습니다.

이러한 분들은 우리 일상의 밑바탕을 이루며 우리 삶을 지탱해 줍니다.

　세상에는 많은 사람이 있습니다. 그중에서도 눈에 잘 보이지 않는 곳에서 묵묵히 자신의 일을 하는 이들이 있습니다. 그들은 바로 우리 사회의 '작은 영웅'들입니다.

　명화가 탄생하기 위해서는 '주연'의 역할도 중요하지만 '조연'과 '단역'들의 역할 또한 그 못지않게 중요합니다.

　'주연'은 작품의 중심에 서서 이야기를 이끌어 가며 관객의 시선을 사로잡습니다. 주연의 연기는 작품의 분위기와 흐름을 결정짓는 중요한 요소지만 이들의 역할이 빛나기 위해서는 '조연'과 '단역'의 협력이 필수적입니다.

　'조연'은 주연을 보조하며 이야기의 흐름을 더욱 풍부하게 만듭니다. 그들은 주연이 놓치는 부분을 채우고, 이야기에 깊이와 리얼리티(Reality)를 더해 줍니다. 조연의 존재는 주연을 더욱 빛나게 하며, 작품 전체의 균형을 맞춥니다.

　영화 「범죄도시」의 마석도도 장이수가 있을 때 더욱더 가치가 빛납니다.

　'단역'은 비록 짧은 시간 동안 무대에 등장하지만, 그들이 없으면 이야기는 완성될 수 없습니다. 단역의 작은 역할 하나하나가 모여 최종적으로 작품의 완성도를 높여 줍니다. 이들은 각자의 위치에서 최선을 다해 연기하며, 보이지 않는 노력은 작품의 성공에 큰 기여를 합니다.

넓은 세상을 기준으로 보면 조연이나 단역일지라도 최소한 내 삶에서는 그래도 내가 주인공입니다.

우리 사회에도 보이지 않는 곳에서 리베로 역할을 하는 '작은 영웅'들이 분명히 존재합니다. 우리는 그분들의 목소리에 귀 기울이고 그분들에게 더 많은 응원을 줘야 합니다.

우리 사회의 리베로, 당신들 덕분에 오늘도 우리는 웃으며 하루를 시작할 수 있습니다.

우리 모두가 공격수와 주연이 아니어서 참 다행입니다.

14. 여백(餘白)의 미(美)

비움 속에 채워지는 무한한 가능성.

하얀 도화지 위에 먹 한 점 찍는 순간, 그 주변에는 무수한 가능성이 펼쳐집니다.

작은 점 하나가 우주가 되고, 곡선 하나가 바다가 됩니다.

이처럼 여백은 단순한 빈 공간이 아니라 오히려 무한한 상상력을 담아내는 그릇이며, 세상을 새롭게 바라보는 창입니다.

여백(餘白)의 미(美)는 작품 속에서 여백을 활용하여 시각적, 정신적 공간을 만들어 내는 예술적 개념입니다.

이는 단순히 비어 있는 공간을 의미하는 것이 아니라, 그 속에 담긴 깊이와 여운을 뜻합니다.

그림이나 글 속에서 여백은 집중과 해석의 여지를 주며, 전체적인 균형을 이루는 요소로 작용합니다.

여백이 없다면 작품은 과도하게 복잡하고 부담스러울 수 있습니다. 작품의 완성도를 높여 주기 위해 여백은 그 자체로도 아름다움을 만들어 냅니다.

여백은 우리의 상상력을 자극하는 요소이기도 합니다.

작품 속에서 여백은 감상자에게 해석의 여지를 주며, 감상자는 그 속에서 다양한 상상의 세계로 나아갑니다.

우리의 일상 속에서도 여유와 공간을 남겨 두는 것이 중요합니다. 이를 통해 우리는 창의적이고 유연한 사고를 가질 수 있으며, 상상의 여백은 우리의 삶을 더욱 다채롭고 흥미롭게 만들어 줍니다.

여백은 쉼표이자 마침표입니다.

쉼표는 잠시 멈춰 숨을 고르는 시간을 의미하며, 지친 일상 속에서 잠깐의 여유를 찾고 다시 앞으로 나아갈 힘을 얻는 것입니다.

마침표는 하나의 과정을 마무리하고 새로운 시작을 알리는 시작점 입니다.

과거를 벗어나, 미래를 향해 나아가는 용기를 주는 것입니다.

우리는 모든 것을 가득 채워야 만족하고, 최선을 다한 결과라고 생각하며, 그런 삶을 성공한 삶이라고 칭찬합니다. 매일매일 가득 채우지 못하면 불안하고, 뒤처질까 두려워합니다.

극도의 스트레스에도 빠른 시간 내에 '채움'을 완성하기 위해 하루

하루 발버둥을 치며 모든 에너지를 소모합니다.

숲속의 나무들도 하늘을 향해 가지를 뻗고 경쟁적으로 빛을 향해 달려가지만 사람들을 위해 하늘을 열어 둡니다.

살면서 한 번에 모든 것을 다 채울 필요도 없고 어느 한구석을 비워 놓아도 불행하지 않습니다.

나를 위해서는 마음의 여백을 가지는 '비움'의 여유가 필요합니다. 마음의 여백은 우리에게 자신을 돌아보고, 더 큰 통찰과 평온을 얻을 수 있는 기회를 제공하고 삶을 더욱 풍요롭고 의미 있게 만들어 줍니다.

언젠가 빈 여백을 채우고 싶다면 내가 꿈꾸던 나만의 세상으로 채우면 그만이고, 어떻게 그리고 무엇으로 채울지에 대한 고민도 내 마음이 가는 대로 긍정적인 생각으로 채우면 그만입니다.

여백을 천천히 채워 가는 과정이 우리 자신을 서서히 찾아가는 여정입니다.

나이가 점점 늘어나니 요즘 참 눈물이 많아졌습니다.

김광석의 「어느 60대 노부부 이야기」, 자이언티의 「양화대교」만 들어도 눈물이 나오고, 그저 그런 영화나 드라마를 보다가도 눈물이 납니다.

딸아이의 출산을 보면 아이가 아이를 출산한 것 같은 생각에 마음이 아파 눈물이 나고,

너무 큰 키에 올려다보기도 어려워 큰 나무처럼 느껴지던 아버님의 왜소해진 어깨와 굽은 등을 보면 눈물이 나고,

늙어 가는 영혼의 동반자 반려견 송이를 보면 눈물이 나고,

먼저 세상을 등진 친구가 무심해서 눈물이 나고,

지나온 세월이 허망하고 외로워서 눈물이 나고,

뉴스를 보다가도 울컥 화가 나서 눈물이 납니다.

남자는 세상 사람들에게 눈물을 보여서는 안 됩니다.

남자는 태어날 때 한 번, 부모님을 떠나보낼 때 한 번 외에는 눈물을 보여서는 안 됩니다.

그럼 의지가 약한 남자고 용기가 없는 남자라고 배웠고 그걸 평생 남자가 지녀야 할 자격과 덕목이라고 여기고 실천해 왔습니다.

눈물이 나오는데 소리 내어 울지를 못하니 가슴이 막혀 옵니다.

그래서 아무도 없는 시간에 아무도 없는 공간에서 몰래 소리 내어 울어 봅니다.

실컷 울고 나니 마음이 시원해집니다. 그래도 누가 알게 될까 봐 살짝 걱정도 됩니다.

소나무도 공격을 받고 수피에 상처를 받으면 사람과 같이 투명한 눈물이 상처 위로 흘러내립니다.

소나무 숲을 걷다 보면, 소나무 상처를 감싼 송진의 상쾌한 냄새가 바람을 타고 와 코끝을 스칩니다.

소나무의 수지(樹脂, Resin)는 바로 이러한 향기를 만들어 내는 원천으로 수지는 외부의 위험으로부터 자신을 지키기 위한 소나무의 방어 메커니즘 중 하나입니다.

소나무, 잣나무, 스트로브잣나무가 상처를 입으면, 즉시 수지를 분비해 상처 부위를 감싸며 치유를 돕습니다.

이 과정에서 수지는 세균과 곰팡이, 바이러스의 침입(侵入)을 막고,

해충으로부터 나무를 보호합니다.

수지는 끈적이고 투명한 액체로, 시간이 지나면 점점 굳어서 단단한 상태가 되면 수피(樹皮, 껍질)에 강력한 방어막을 형성하게 됩니다.

소나무의 수지는 단순히 점도 높은 액체가 아닙니다.

그 속에는 자연의 치유력이 담겨 있고, 소나무가 외부의 위협에 맞서 싸우며, 상처를 덮고 자기 자신을 지켜 내는 강력한 방어 무기 중 하나입니다.

우리의 눈물 역시 마음속의 아픔을 치유하는 강력한 방어 전략일지도 모릅니다.

세월이 흐를수록 눈물이 많아지는 것은, 마음이 여려지고 약해져서 작은 일에도 쉽게 상처를 받을 때, 그것으로부터 자기 자신을 보호하고 치료하기 위한 메커니즘(Mechanism)입니다.

시간이 지날수록 더 많은 마음의 상처를 입게 된다면 더 많은 눈물이 흐르겠지요.

그럼 남들 모르게 눈물을 닦을 일이 많아지겠네요.

오늘은 장(場)에 나가 눈물을 닦을 수 있는 폼 나는 손수건 두어 장 구입해야겠습니다.

16. 세상에서 가장 아름다운 2등

1953년 5월 29일 오전 11시 30분, 마침내 에드먼드 힐러리는 네팔의 셰르파(Sherpa) 텐징 노르가이와 함께 지상에서 가장 높은 에베레스트 정상 8,848m를 최초로 등정하였습니다.

이날, 텐징 노르가이는 정상 지점 바로 앞에서 동료인 에드먼드 힐러리를 30분이나 기다렸습니다.

큰 산 같은 그는 세계 최고봉을 최초로 정복한 명예보다는 생사고락을 함께한 힐러리와 영광의 시간을 같이 나누려 그런 결정을 했습니다.

텐징 노르가이는 네팔 쿰부(Khumbu)의 1914년 불우한 농민 가정에서 태어났습니다. 그는 어린 시절부터 산을 오르며 자랐고, 그의 삶은 늘 히말라야산맥과 함께했으며 등반가로서의 꿈을 키우면서, 언젠가는 반드시 에베레스트 정상을 정복하겠다는 목표를 가지고 있었습니다.

그의 목표는 단순히 개인적인 성취를 넘어서, 인간의 한계를 극복하고 새로운 가능성을 여는 것이었습니다.

셰르파로 경험을 쌓고 수많은 도전과 노력 끝에 마침내 1953년, 7번의 도전 끝에 결국 신(神)이 허락해야만 설 수 있다는 세계 최고봉 정상에 동료와 함께 설 수 있었습니다.

그는 에베레스트를 최초로 정복한 두 사람 중 한 명으로, 산악인의 역사에 큰 발자취를 남겼으며, 그의 이야기는 단순한 등산가의 기록을 넘어서, 인류의 꿈과 용기의 상징이 되었습니다.

그는 단순히 신체적인 도전을 넘어서, 불굴의 의지와 과감한 결단력으로 결국 세계 최고봉의 정상에 설 수 있었습니다.

또한 텐징 노르가이는 자신의 성공을 모든 사람과 나누기를 원했고 그렇게 실천했습니다.

그는 자신의 경험을 바탕으로 히말라야 산악 가이드로 활동하며, 많은 이에게 산을 오르는 법, 도전에 대한 위대함 그리고 포기하지 않는 도전 정신을 깨닫게 해 주었습니다. 그의 삶은 단순한 등반가의 삶을 넘어서, 다른 이들에게 영감을 주고 도움을 주는 삶이었습니다.

1953년 5월 29일, 정상 앞에 선 텐징 노르가이는 거친 눈보라 속에서도 여유 있게 말했습니다.

"친구, 어서 오게. 30분이나 기다렸네.

힐러리, 나는 셰르파라네. 우리에게 정상이란 단어는 의미가 없어. 이 모든 봉우리가 정상이지. 먼저 올라가게. 난 언제라도 또 올 수가 있지."

역사는 에드먼드 힐러리를 에베레스트 최초 정복자로 기록하고 있습니다.

그는 주인공의 삶을 선택하지 않았고 스스로 조연이기를 원했지만 1등보다도 더 위대한 2등으로 사람들의 기억 속에 영원히 존재하는 위대한 사람입니다.

"우리가 정복하는 것은 산이 아니라 우리 자신이다."

- 1953년 에드먼드 힐러리 경

17. 시절인연(時節因緣)

'시절인연'은 모든 '인연'은 때가 되면 이루어지게 되어 있다는 의미입니다. '인연'의 시작과 끝도 모두 자연의 섭리대로 그 시기가 정해져 있습니다.

인생은 마치 망망대해(茫茫大海)를 항해하는 작은 배와 같습니다. 때로는 순풍에 돛을 달고 순조롭게 나아가지만, 가끔은 폭풍우에 흔들리며 어디로 가야 할지 방향을 잃기도 합니다. 그러한 여정 속에서 우리는 다양한 인연을 만나고, 그 인연(因緣)은 우리 삶에 깊은 흔적을 남깁니다.

삶의 다양한 순간 속에서 만나고 헤어진 사람들을 떠올려 봅니다. 그들과의 시간은 마치 한여름 밤의 꿈처럼 아스라이 기억 한편에 남아 있습니다.

함께 웃고 울며 보내던 시간들, 밤새도록 술잔을 기울이던 순간들, 서로의 고민을 들어 주며 위로했던 그 시간들은 나를 사람에 대한 추억을 지닌 성숙한 인간으로 만들었지만 만남과 헤어짐을 통해 진한 그리움과 깊은 여운을 남기기도 합니다. 지금은 각자의 길을 걷고 있지만, 그 시절의 인연으로 묶여 있는 그리운 이들은 여전히 내 마음속에 살아 있습니다. 나는 그 인연들을 통해 삶의 소중함과 사람의 따뜻함을 배웠지만 감사함을 말하지 못했습니다.

'시절인연'이란 그렇게 우리 삶의 한 부분을 함께하는 사람들입니다. 그 인연들은 때로는 오래 지속되지 않을 수도 있고 짧게 머물 수도 있습니다.

그러나 그 짧은 순간에도 우리는 많은 것을 배우고 느끼며 경험할 수 있습니다.

인생이란 어쩌면 이러한 '시절인연'들의 연속인지도 모릅니다.

예상치 못한 상황에서 만난 '인연'이 평생 소중한 시간을 공유하고 뜻밖의 장소에서 영혼을 나눌 수 있는 좋은 '인연'을 만나기도 합니다.

그래서 모든 '인연'은 깊은 의미가 있습니다.

'인연'은 예상치 않은 시간에 우연히 스며들어 취하고 마치 당연한 듯 필연으로 서로를 묶고 때로는 피할 수 없는 숙명처럼 우리의 삶 속으로 깊이 파고들어 우리를 성장시키고, 새로운 세상에 대한 시각(視角)을 열어 줍니다.

우리는 만나면 헤어지고, 헤어지면 다시 만나는 깊은 인연의 고리로 묶여 있습니다. 하지만 아쉽게도 영원히 변하지 않는 관계란 존재하지 않습니다.

'시절인연'은 시간에 따라 변화하는 우리 삶의 일부이며, 시작인 동시에 끝을 의미하고 끝이라 생각되는 순간 다시 시작되는 기대에 찬 아름다움이자 슬픔입니다.

18. 화양연화(花樣年華)

화양연화(花樣年華), '꽃처럼 아름다운 시절', '인생에서 가장 아름답고 행복한 시간'이라는 의미입니다.

'화양연화(花樣年華)'는 인생에서 가장 아름답고 찬란한 시기를 의미하며, 그 순간을 영원히 간직하고자 하는 소망을 담고 있습니다.
인생에서 누구나 경험하는 찰나의 순간, 그 속에서 우리는 가장 빛나고 소중한 기억을 만들어 갑니다.

어느 봄날, 다양한 색깔과 형태의 꽃들이 어우러져 하나의 그림을 완성한 넓은 대지를 걸으며 이 표현의 의미를 다시금 깨닫게 되었습니다.
그 풍경 속에서 나는 인생의 '화양연화'를 떠올립니다.
꽃들은 그리 길지 않은 동안 세상에 존재하지만 그 순간의 아름다움은 영원히 기억 속에 남습니다.

'화양연화'는 우리의 인생에서도 비슷한 의미를 갖습니다.
우리는 각자의 삶 속에서 빛나는 순간들을 경험하며, 그 순간들은 마치 꽃처럼 찰나(刹那)의 순간을 지나가지만, 우리의 마음속에는 영원히 남아 있습니다.
'화양연화'는 단순히 젊음이나 아름다움을 뜻하는 것이 아니라, 내 인생에서 가장 소중하고 빛나는 순간들을 의미합니다.

나는 인생에서 많은 '화양연화'를 경험했습니다.

친구들과 함께 웃고 떠들던 학창 시절,

사회로 첫걸음을 옮긴 첫 출근의 두근거림,

아이가 태어나 성장하는 모습을 지켜보던 시간들,

그리고 꿈을 이루기 위해 노력하던 순간들….

이 모든 순간은 나에게 소중한 기억으로 남아 있으며, 기억의 퍼즐들이 모여 나를 완성하기 위한 바탕을 만듭니다.

세월이 흘러갈수록 젊은 시절에 비해 순발력과 기억력은 쇠퇴했고 시력은 감소했고, 감각은 무뎌졌지만 자연에 순응하고 숲속을 거닐며 나무들의 언어를 배우고 공감하면서 인생을 다시 배우는 지금 이 순간이 행복합니다.

나이가 들어 갈수록 경청(傾聽)의 미덕을 알게 되고, 물욕(物慾)에 대해 자제할 줄 알며, 이웃의 아픔에 공감(共感)을 표현하며, 예전에는 무심히 지나쳤던 일상의 소소한 순간들에 감사하며, 자연 앞에서 겸손하려 노력하는 오늘이 진정한 나의 '화양연화'입니다.

19. 11월 새벽 예당호(禮唐湖)에서

예당호는 충남 예산에 위치한 호수 같은 저수지입니다.

충남 예산군과 당진시의 농경지에 물을 공급하는 역할을 하지만 민물 낚시터로도 유명한 곳입니다.

예당호의 좌대는 도시의 수많은 건물처럼 저수지 곳곳에 떠 있습니다. 좌대 위의 밤낚시는 낭만으로 가득 차 있습니다.

밤이 되면 보이는 하늘의 쏟아질 듯 많은 별빛은 우주 그 자체이며, 수많은 야간 케미 불빛으로 도시의 야경을 보는 느낌이 듭니다.

새벽 예당호에서의 풍경은 마치 시간의 흐름을 잊게 만드는 마법을 펼칩니다. 저수지 전체를 가득 채운 물안개는 신선들이 노니는 듯한 풍경을 보여 주며 경이로움을 더해 줍니다. 시간이 지나면 주변 시골집의 닭 울음소리와 시작되는 붉은 빛에 어둠은 천천히 물러가고, 호수를 뒤덮었던 물안개도 서서히 걷히면서 평화롭고 고요한 새로운 세상이 연출되며, 자연이 깨어나면서 새로운 시작을 알리는 소리들이 들립니다.

고요한 물결 소리와 작은 배들이 오가고 함께 들려오는 청아(淸雅)한 새들의 지저귐은 마음속 깊은 곳까지 울려 퍼집니다.

새벽의 차가운 기운이 나의 피부를 스쳐 가지만 공기는 더할 나위 없이 신선하고, 누구에게도 간섭받지 않는 자유를 만끽합니다. 시간의 변화대로 순간마다 모습을 바꾸는 자연은 참으로 위대합니다.

사는 동안 걱정과 한숨으로 깊은 잠을 못 이루고 뒤척이며 마음이 물안개에 갇혀 한 치 앞도 전혀 보이지 않을 때가 있습니다. 물안개는 시야를 가리며, 앞을 내다보는 것을 어렵게 만들어 혼란과 불안의 상태가 지속되는 시기를 만들기도 합니다.

삶을 살아가다 보면 때로는 어디로 가야 할지, 무엇을 해야 할지 알 수 없는 순간들도 찾아옵니다.

그러나 물안개는 영원하지 않으며, 빛이 비치면 머지않아 사라지게 되어 있습니다.

우리의 마음도 마찬가지입니다.

아무리 혼란스럽고 불안한 상태에 있더라도, 그것은 일시적인 현상일 뿐입니다.

서서히 빛이 나오면 사라지는 물안개처럼 그 혼란과 불안도 걷히게 되고, 우리는 더 명확한 시야와 평온한 마음을 되찾을 수 있습니다. 마음의 빛은 희망입니다.

희망을 품은 빛은 우리에게 명확한 시야와 평온한 마음을 온전히 되찾아 줍니다.

나는 이곳 예당호에서 아침 햇살을 보며 희망을 만납니다.

"세상 어딘가에 오아시스가 있다는 걸 믿기에 오늘도 사막을 걷는다."

- 醉於樹人 이수호

"나의 희망은 항상 실현되지는 않지만, 나는 항상 희망한다."

- 오비디우스 나소(Ovidius Nāsō)

20. 마음의 가지치기

'가지치기'는 나무의 불필요한 가지와 줄기를 제거하여 나무의 크기와 모양을 조절하는 것으로 미적 가치를 높이며, 마디 없는 목재를 얻을 수 있고, 줄기의 신장 생장을 촉진합니다. 또한 수간의 건강한 생장을 위해 가지치기를 정기적으로 실시합니다.

나무를 건강하게 유지하고 아름답게 가꾸기 위해 가지치기를 하는 것처럼, 우리 마음도 때로는 가지치기가 필요합니다.

마음의 가지치기는 불필요한 생각과 감정을 정리하고, 내면의 평화를 찾기 위한 하나의 과정입니다.

마음의 가지치기는 먼저 자신의 감정과 생각을 돌아보는 것에서 시작합니다. 무엇이 나를 불안하게 하고, 스트레스를 주는지 찬찬히 들여다보아야 합니다.

그리고 그것들이 정말 나에게 꼭 필요한 것인지, 해결 가능한 문제인지, 불가능한 문제인지 아니면 단지 불필요한 부담인지 판단해야 합니다.

이는 마치 나무의 가지를 하나씩 살펴보며, 어떤 가지를 잘라 내야 할지 결정하는 과정과도 같습니다.

우리는 끊임없이 다양한 생각과 감정을 경험하며 살아갑니다.

그중에는 불안, 걱정, 후회와 같은 부정적인 감정들도 포함되어 있습니다. 사회에서 매일 만나는 주변인들과의 경쟁, 시기, 질투에 의해 누적된 불필요한 감정들은 마음에 쌓이기 마련입니다. 걱정하는 일의 92%는 실제 일어나지 않고, 어떤 결정에도 후회는 뒤따르기 마련입니다.

후회는 아무리 빨라도 바꿀 수 없습니다.

이러한 감정들은 우리의 마음을 무겁게 하고, 평온함을 잃게 만듭니다. 마음의 가지치기를 하기 위해서는 먼저 자신을 돌아보는 시간이 필요합니다.

하루를 마무리하면서, 조용한 공간에서 자신의 마음을 들여다보는 것은 매우 중요합니다.

이 과정에서 우리는 어떤 감정이 나를 무겁게 하고 있는지, 어떤 생각이 나를 불안하게 만드는지 파악할 수 있습니다.

그 후, 우리는 그 감정과 생각들을 객관적으로 바라보며 정리할 수 있습니다.

마음속의 불필요한 감정들을 쳐내면서 가끔은 인간관계도 정리할 필요가 있습니다.

자기 자신의 감정에만 충실해 전혀 소통이 되지 않는 사람들을 억지로 만나 시간과 감정을 소비할 필요는 없습니다.

불필요한 감정과 생각을 정리하는 것은 생각처럼 쉽지 않습니다. 때로는 그것들을 놓아주기 어려울 수 있습니다.

그러나 마음의 가지치기는 우리의 정신 건강을 위해 반드시 필요한 과정입니다.

우리는 자신에게 너무 가혹하게 굴지 말고, 천천히 그리고 차분하게 하나씩 정리해 나가는 것이 중요합니다.

마음의 가지치기를 통해 우리는 더 가볍고 평온한 마음을 가질 수 있습니다. 불필요한 감정을 놓아주고 나면, 새로운 긍정적인 감정을 받아들일 새 공간이 열립니다. 우리는 더욱 명료하고 집중된 상태로 삶을 살아갈 수 있습니다.

또한, 마음의 가지치기는 우리에게 자신을 돌보는 시간과 여유를 제공합니다.

나무가 가지치기를 통해 더 건강하게 자라나는 것처럼, 우리의 마음도 정리하고 돌보는 과정을 통해 더 강하고 평온한 상태가 될 수 있습니다.

마음의 가지치기는 우리에게 삶의 균형과 조화를 찾아가는 길을 열어 줍니다.

21. 아이들과 자연 그리고
'숲속 도서관'

숲속으로 들어서면, 외부 세상과 전혀 다른 조용한 정적과 평화스러움으로 가득 차 있습니다. 나무 사이로 비치는 햇살은 부드럽게 나뭇잎을 스치며, 바람이 지나갈 때마다 나뭇가지들은 조용히 속삭이고. 숲속의 공기는 맑고 신선하며, 그 속에서 마음은 안정되고 편안해집니다.

걸음을 옮길 때마다 발밑에서 나뭇잎들이 바스락거리는 소리가 들립니다. 이 작은 소리는 숲속의 고요함을 깨지 않고, 오히려 그 고요함에 자연스레 어우러집니다.

숲속의 나무들이 신선하고 맑은 공기와 향기를 선물해 주면 우리는 깊게 숨을 들이마십니다. 그 향기는 마음을 정화시키고, 머릿속의 복잡한 생각들을 지워 줍니다.

숲속을 걷다 보면, 다양한 생명이 눈에 들어옵니다.

나무 사이로 햇살을 즐기는 다람쥐와 분주히 먹이를 찾아다니는 청설모, 꽃을 찾아 부드럽게 날아다니는 나비와 꿀벌들, 그리고 나무의 그늘 속에서 쉬고 있는 이름 모를 작은 새들….

그들은 모두 숲속의 일원으로, 자연과 조화롭게 살아가고 있습니다.

도서관은 책과 지식의 보고이며, 조용한 곳에서 편안하게 독서를 즐길 수 있는 특별한 장소입니다.

도서관에 들어서는 순간, 정숙함과 더불어 특유의 책 향기가 날아와 코끝의 감각을 깨웁니다. 이곳은 시간의 흐름을 잊게 만들고 기억을 되새길 수 있는 장소입니다. 수많은 책이 가지런히 정렬되어 있는 모습을 만나는 것만으로도 마치 지식이 쌓이는 느낌을 받습니다.

이 조용한 공간은 책과 작가를 사랑하는 사람들에게는 천국과도 같은 곳입니다. 도서관의 창가에 자리를 잡고 앉으면, 밖에서는 햇살이 부드럽게 들어옵니다. 이곳에서 책을 펼치고, 지식의 세계로 깊숙이 빠져들면 모든 시간이 느리고 천천히 흘러가, 그 속에서 여유로움을 만끽할 수 있습니다. 책장을 넘길 때마다 새로운 세상을 만나고 경험합니다. 한 페이지 한 페이지에 담긴 이야기는 나를 끊임없이 매료시키고 한 줄씩 영혼을 엮어 넣은 작가의 고뇌가 고스란히 느껴집니다. 도서관의 책들은 각각 다른 이야기와 지식을 품고 있으며, 그것들은 세상을 다양하게 바라볼 수 있는 새로운 시각과 상상력을 제공해 줍니다.

도서관은 혼자여도 외롭지 않은 사적 공간이지만 사람들과 교류하면서 새로운 만남을 연결해 주는 공적 장소이기도 합니다. 같은 주제의 책을 읽으며 공감대를 형성하고, 서로의 생각을 나누는 시간은 매우 소중합니다. 도서관에서의 만남은 깊이 있고 진지하며, 도서관은 서로의 지식을 공유하며 성장하고 책을 통해 새로운 친구를 사귀고, 함께 성장해 나가는 특별한 공간이기도 합니다.

아이들은 우리의 희망이자 꿈이며 미래를 책임질 세대라고 이야기합니다. 그들이 자라나는 과정에서 기성세대가 어떤 환경을 만들어 주고, 어떤 가르침을 주는가에 따라 그들의 꿈과 미래는 달라질 수 있습니다. 기성세대는 그들의 밝은 미래를 위해 가능한 많은 선물을 준비해 줘야 합니다.

아이들은 순수하고 호기심이 많습니다. 그들은 세상과 자연을 탐험하고, 새로운 것들을 배우며 성장해 나갑니다.

우리는 그들에게 올바른 가치를 심어 주고, 긍정적인 영향을 미치기 위해 끊임없이 노력해야 합니다. 아이들이 밝고 건강하게 자라기 위해서는 사랑과 관심, 그리고 올바른 교육이 반드시 필요합니다.

우리는 아이들에게 자연의 소중함과 공존을 알려 줘야 합니다.

자연을 보호하고 아끼며 환경의 변화를 이해하는 마음을 가지게 하는 것은 매우 중요합니다. 자연 속에서 자란 아이들은 자연의 아름다움과 그 중요성을 이해하게 될 것이며, 미래의 환경 보호자로 성장할 것입니다. 그들에게 자연과 함께하는 시간을 제공하고, 환경 문제에 대한 인식을 심어 주는 것은 우리 세대에 주어진 중요한 역할입니다.

숲과 도서관이 만나는 새로운 공간인 '숲속 도서관'은 아이들에게 특별한 경험을 선사합니다. 이곳은 단순히 책을 읽고 느끼며 경험하는 공간을 넘어 자연과 책이 만나는 매력적인 장소입니다. 아이들은 '숲속 도서관'에서 책을 읽고, 자연을 탐험하면서 많은 것을 배울 수 있습니다.

'숲속 도서관' 속으로 들어온 아이들은 도서관에 들어가기 전 먼저 숲의 향기와 소리를 느낍니다. 나뭇가지 사이로 비치는 햇살, 새들의 작은 지저귐, 나뭇잎에 스치는 바람 소리, 이 모두가 그들에게는 신비로운 배경 음악이 됩니다.

아이들은 자연이 들려주는 소리를 무한히 느끼며 그 안에서 책을 읽고 경험하면서 무한한 상상의 나래를 펼칩니다.

'숲속 도서관'에서는 책을 읽는 것뿐만 아니라, 자연을 주제로 한 다양한 프로그램과 생태 놀이를 경험할 수 있습니다. 아이들은 흙을 만지며 새로운 감각을 키우고 식물의 성장을 관찰하고, 나뭇잎과 나무의 종류를 배우며, 자연과 친숙해지는 시간을 갖습니다.

이러한 경험은 아이들이 자연을 사랑하고, 환경을 보호하는 마음을 가지게 합니다. '숲속 도서관' 내부는 천연 목재로 만들어진 실내 장식과 책장으로 편안하게 디자인되어 있으며 그 속에는 자연과 관련된 다양한 책이 가득 차 있습니다. 아이들을 위한 그림 동화책, 과학책, 자연과 모험 소설, 생물책 등 다양한 장르의 책이 있어 아이들의 호기심을 자극합니다. 아이들은 책 속에서 동물과 식물의 이야기를 읽으며, 자연의 신비로움을 더욱 깊이 이해하게 됩니다.

'숲속 도서관'에서의 하루는 아이들에게 큰 즐거움과 배움을 선사합니다. 자연 속에서 책을 읽고, 친구들과 함께 모험을 즐기며, 그들은 새로운 세상을 경험합니다. 이곳에서는 책 속의 이야기와 자연이 하나로 어우러지며, 아이들은 그 속에서 무한한 상상의 날개를 펼칠 수 있습니다.

'숲속 도서관'은 단순히 책을 읽는 공간이 아닙니다.
이곳은 자연과 함께하는 배움의 장소이며, 아이들에게 자연의 소중함을 일깨워 주는 특별한 공간이며 '숲속 도서관'에서 친구들과 경험한 시간은 아이들에게 평생 동안 기억에 남을 아름다운 추억이 될 것입니다. 자연과 책이 함께하는 이곳에서 아이들은 진정한 배움과 행복을 찾게 됩니다.

오랜 시간이 지나서 성인이 된 후 '숲속 도서관'을 자신의 아이들과 손잡고 다시 찾아와 순수하고 아름다운 시절의 추억을 기억하고 창문 너머로 보이는 숲속의 평화로운 풍경과 바람에 살랑이는 나뭇잎 소리를 같이 느끼고 감상하는 소중한 시간과 선순환 구조를 지금 우리 세대가 선물해 주어야 합니다.

Epilogue
(맺음 이야기)

'醉於樹人(취어수인)'은 나무에 취한 사람입니다.

건강상의 문제로 모든 사회생활을 접은 후 작은 배낭에 수건 1장, 물병을 담고 매일 옥녀봉에 오릅니다.

숲으로 들어가기 전, 먼저 시청 앞에서 300년 동안이나 자리 잡고 서 있는 터줏대감 왕버들과 각자의 모습으로 오늘도 변함없이 서 있는 오래된 소나무들을 만나 안부를 나누고 나를 기다리는 숲속으로 발길을 옮깁니다. 숲 입구에 다다르면 하늘을 찌를 듯 서 있는 백합나무가 먼저 나를 반깁니다. 숲 안으로 들어서면 등이 굽은 소나무, 비슷한 듯 다르게 생긴 참나무 형제들과 종류도 다양한 싸리나무, 봄이 되면 온 숲에 생기를 불어넣어 주는 키 작은 개나리와 진달래, 산철쭉이 스스럼없이 인사를 건넵니다.

그들은 운명처럼 도착한 자리에서 원망하지 않은 채 제각기 다른 모습으로 무질서하지만 어우러져 숲을 이루며 살아갑니다. 먼저 그들이 서 있는 흙과 줄기 그리고 잎을 찬찬히 어루만지며 돌봐 주고 그들과 함께 사색하며, 생각을 정리하고, 지나온 날들의 추억을 회상하며,

미련을 흙 속에 묻은 채, 뭐 그리 대단할 것도 특별할 것도 없는 날들이겠지만 그래도 남은 시간에 대한 기대도 품어 봅니다.

숲속의 수호자를 자처하며 서 있는 늙은 느티나무에게 가까이 다가가 말을 걸어 봅니다. 오랜 세월을 묵묵히 견뎌 온 이 늙은 나무는 각종 환경의 변화와 격변의 시대를 견뎌 내며, 병과 해충을 이겨 내고 그 자리에 묵묵히 서 있습니다.

젊은 나무들과 다르게 불어오는 바람에 심하게 흔들리고, 잎은 덜 매달려 광합성이 줄어들고, 증가한 호흡량으로 힘들고 지쳐 보이지만 한 줄기에서 뻗어 나온 수많은 가지와 작아진 잎으로도 인심 좋게 그늘을 만들어 지나가는 사람들이 쉴 수 있는 공간과 그늘을 만들어 줍니다.

아직도 땅속에 뿌리를 깊이 내리고, 가지들은 하늘을 올려다봅니다. 마음속 노욕(老慾)을 다 내려놓은 채 작지만 주어진 제 역할에 만족하고 최선을 다하며 기품 있게 늙어 가는 숲속의 커다란 느티나무를 닮아 가고 싶습니다.

저에겐 딸 같은 젊은 친구가 있습니다. 세상에 매일 뒤처지는 저에게 가끔 안부도 전하고 빠르게 변하는 세상의 새로운 소식들을 전해 줍니다. 그 친구는 공무원 공부를 시작해 다음 달이면 낯선 서울의 작은 공간에서 합격을 위해 전의를 다지고 젊은 시절을 불태우기 위해 서울살이를 시작합니다. 요즘 젊은 친구들을 보면 제가 살아온 시대보다 더 치열하고 힘든 세상을 사는 것 같아 지켜보기 안쓰럽습니다. 힘든 여건에서도 도전한다니 그 용기에 박수를 보내고 꼭 원하는 결과를 얻기를 응원합니다.

요즘 제 오랜 친구들을 만나면 간단하게 안부를 물은 후 자식들 걱정으로 시작해서 퇴직 후 시간을 주체하지 못해 힘든 날에 대한 푸념과 얼마 남지 않은 퇴직 후의 삶에 대해 걱정하고 마무리는 항상 지나온 옛 추억을 회상한 후 자리에서 일어섭니다. 다시는 돌아갈 수 없는 시간에 대한 그리움과 그 시절의 즐거웠던 기억은 늘 반가운 주제입니다.

특별한 주제나 큰 의미 없는 만남이어도 어린 시절의 추억을 같이 공유한 친구들과의 술자리는 늘 즐겁습니다.

젊은 시절 패기와 열정으로 가득 차 파워 에너지를 갖고 있던 친구들이 지금은 대부분 에너지가 방전되어 안쓰럽기도 하지만 천방지축이던 시절보다 어른스러워져 그래도 다행입니다.

정확하게 누구의 탓인지, 잘못인지는 모르겠지만 열심히 살아도 젊은 세대와 기성세대 모두 어렵게 살아가고 있습니다. 하루하루를 버티며 살아가는 것이 때로는 너무 힘들게 느껴질 때도 있다고 말합니다. 경제적 어려움, 언제 좋아질지 모르는 경제, 불안한 사회의 압박, 참과 거짓을 구분하기 힘든 정보 등 수많은 문제가 우리의 발목을 잡고 일상을 무너뜨립니다. 아침마다 솟아오르는 붉은 해를 보며 희망과 기대보다는 목적 없이 하루를 버텨 내야 한다는 원초적인 반복 속에서 희망을 찾기란 쉽지 않습니다. 마음에 돌덩이를 얹은 듯 무겁고 지쳐서, 버티기 힘들어도 그래도 버티며 살아가야 합니다.

희망은 작아지더라도 살아 있는 동안은 절대 사라지지 않습니다.

저에게는 요즘 작은 소원 하나가 생겼습니다. 점점 나이가 들어 갈수록 몸 이곳저곳이 노쇠해 약해지겠지만 정신 줄만은 꽉 잡고 있어서 가족들과 다른 사람들에게 피해를 주면서 추하게 늙어 가지 않는 것입니다. 그리고 건강이 허락하는 마지막 순간까지 꿈을 꾸며 하나하나 이루어 가고 싶습니다. 세상에는 아직도 궁금한 것이 너무 많고, 호기심을 자극하는 일과 도파민을 분비해 주는 경험이 너무도 많습니다.

단지, 나이테 수가 늘어나 몸이 무거워졌다고 이 모든 일을 포기한다면 눈감기 전 심하게 후회할 것 같습니다.

마지막으로, 글이 책으로 새롭게 태어날 때까지 곁에서 항상 웃는 얼굴과 따뜻한 미소를 담아 조언해 주고 말 없는 응원과 힘이 되어 주는 이정신 여사님(송이 엄마)과 아들 재원이 그리고 15년 동안 식욕을 버리지 못하고 심술을 부리지만 여전히 귀엽고 발랄한 재롱둥이 반려견 송이에게 진심으로 감사드립니다.

우리, 매일매일 행복하자. 아프지 말고….

눈 내린 겨울, 숲속 깊은 곳에 느티나무 가족이 모여 살고 있습니다. 처음부터 살기 좋은 환경에 터를 잡지 못하고, 언덕 위, 비탈진 경사면에 척박하고도 메마른 흙에 터를 잡았기에 다른 나무들과는 다르게 심한 비바람에 시달렸지만 느티나무 부부는 최선을 다해 사계절을 견디며 뿌리를 내리고 가지와 잎을 키웠습니다. 모진 세월을 견디고 이겨낸 보상으로 이제 세상을 바라보는 커다란 부부 나무가 되었습니다.

살아 보니 상처와 후회 그리고 미련이 남지만 이 정도면 충분히 열심히 잘 살았고, 잘 이겨 냈습니다.

어른 나무

1판 1쇄 발행 2025년 03월 26일

지은이 이수호

교정 주현강　**편집** 김다인　**마케팅·지원** 김혜지

펴낸곳 (주)하움출판사　**펴낸이** 문현광

이메일 haum1000@naver.com　**홈페이지** haum.kr
블로그 blog.naver.com/haum1000　**인스타그램** @haum1007

ISBN 979-11-7374-004-6(03810)